기억의 조각들

기억의 조각들

샌디 스타크-맥기니스 지음 · 최효은 옮김

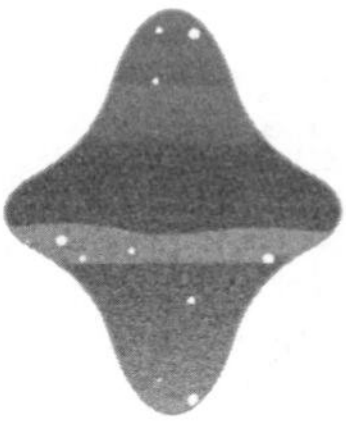

라임

차례

내 이름을 불러 준다면

오늘 아침, 나는 엄마를 위해 식사를 준비했다. 리츠 크래커로 할 수 있는 한 최대한 비슷하게 돌고래 모양을 만들었다. 등지느러미와 가슴지느러미, 꼬리 부분을 잘라 내기가 쉽지 않았다. 돌고래 눈이랑 몸의 반점에는 치즈를 사용했다.

엄마가 좋아하는 알락돌고래에 엄마가 좋아하는 치즈를 많이 찍어 넣었다.

"엄마, 마실 것 좀 줄까? 커피나 물?"

나는 수납장에서 컵을 꺼내며 엄마에게 물었다.

"뭐, 다른 건 없나?"

이번에는 냉장고를 열어 보았다.

"우유랑 탄산수도 있네."

엄마는 소용돌이 모양의 치즈를 손가락으로 폭 찍더니 꼭 처음 보는 사람처럼 뚫어지게 바라보다가 입에 쏙 집어넣었다.

"와, 맛있다."

나는 엄마가 편하게 고를 수 있도록 대용량 우유 통, 작은 탄산수 병, 그리고 물 한 컵을 식탁에 주르륵 늘어놓고는 다시 물었다.

"엄마! 여기 우유, 탄산수, 물 중에서 뭐 마실래?"

"다른 걸 마시고 싶은데."

엄마가 대답했다.

언젠가 주치의 선생님이 아빠와 나에게 엄마의 병을 이렇게 설명했다.

"종이 두 장을 풀로 붙인다고 가정해 봅시다. 종이는 뇌세포예요. 우리가 풀칠하고 싶은 자리에 하필 모래나 흙이 있다면, 아무리 풀칠을 해도 종이가 잘 안 붙겠지요?"

불길한 조짐은 수도 없이 많았다. 물건을 어디에 두었는지 잊어버린다거나, 상대가 무슨 말을 하는지 못 알아듣는다거나, 운전할 때 주변을 살피지 못한다거나…….

어느 날은 다른 차가 기다려 주는 상황에서 차를 앞으로 빼다가 사고를 냈다. 다행히 다친 사람은 없었지만, 몇 달 후 엄마는 회사를 그만두고 운전 면허증을 자진 반납했다. 그날 엄마는 나를 다치게 할까 봐 몹시 두려웠다고 했다.

나는 엄마에게 탄산수 병을 내밀었다. 오늘 아침은 땅콩버터

잼을 바른 토스트를 먹기로 했다.

"돌고래는 한 시간에 30킬로미터도 더 갈 수 있대. 하루에 거의 130킬로미터를 헤엄친다나 봐. 바다는 정말 아름답다니까."

엄마는 돌고래 크래커를 한 입 베어 물며 창밖으로 시선을 돌렸다. 어쩌면 우리 집 앞에 펼쳐진 사막을 바다로 착각하는지도 모른다. 사막도 바다도 모두 끝없이 펼쳐져 있는 데다 미지의 것들로 가득 차 있으니까.

엄마의 병을 사막이나 바다에 견주어 보면? 바다에 더 가깝다고 생각한다. 바다는 끝이 어디인지 알 수 없는 미지의 공간이니까. 만약 내가 사막에서 길을 잃는다면? 적어도 우리 동네 사막에서는 문제없이 집을 찾아올 수 있겠지만, 바다에서라면 집으로 돌아오기가 훨씬 더 어려울 것 같다.

엄마는 나이보다 빨리 병에 걸린 거라고 한다. 대개는 할머니나 할아버지들이 걸리는 병이라나. 그러니까 그런 병에 걸린 사람들 중에서 엄마는 상당히 젊은 편에 속한다는 이야기다. 그래서인지 기억을 잃는 속도도 빠르다. 이제부터 내가 엄마를 챙겨야 한다. 때마다 탄산수도 건네주고, 아침도 만들어 주고.

"지금 당장 바다에 가서 수영하고 싶어."

마지막 크래커가 엄마 입으로 들어갔다. 나는 빈 접시를 싱크대로 가져갔다.

"언제 수영장에 갈까?"

나중에 아빠한테 엄마를 피트니스 센터에 데려가도 되는지 물어봐야겠다고 생각했다. 엄마는 창문에서 고개를 돌리더니 나를 가만히 바라보았다.

"아니, 바다에서 할 거야. 같이 가자. 근데 깊은 데로 가는 건 별로지?"

"괜찮아, 엄마랑 있으니까. 한번 해 보지, 뭐."

"그래? 그럼 멀리까지 헤엄쳐 가 보자."

엄마가 그 말과 함께 내 손을 꽉 잡았다. 엇, 좀 센데.

하지만 엄마가 일부러 그러는 게 아니라는 걸 잘 안다. 나는 엄마가 이곳이 아닌 다른 곳, 그러니까 매일 조금씩 기억의 조각을 잃어 가는 여기가 아닌 다른 어딘가에 갈 수만 있다면, 그것으로도 충분하다고 생각한다. 그렇게 생각하면 왠지 조금은 위안이 되었다.

나는 치즈 스프레이와 땅콩버터를 치웠다. 그러고는 수납장을 닫으려는데, 뒤에서 현관문이 열리는 소리가 들렸다. 아빠일 리가 없는데? 아빠는 한창 출근 준비 중이니까. 콜린스 아주머니라면 현관에 들어서자마자 보통 "좋은 아침!"이라고 큰 소리로 외친다.

그렇다면! 아니나 다를까, 식탁 쪽을 돌아보니 엄마가 없었다. 나는 곧장 밖으로 달려 나갔다. 엄마는 이미 인도로 들어서고 있었다.

"엄마, 어디 가!"

"응, 산책. 같이 갈래?"

엄마는 손에 들고 있던 탄산수를 마시며 태연히 대답했다. 평소에 엄마가 늘 입에 달고 살던 말이었다.

나는 짐짓 아무렇지 않은 척하며 엄마를 따라갔다. 제법 썰렁한 날씨였는데, 문득 점퍼를 걸칠 새도 없었다는 걸 깨달았다.

"엄마, 안 추워?"

"괜찮아, 너는?"

"조금."

"그럼 빨리 걸어서 체온을 올려 보자."

길이 끝나고 사막이 시작되는 지점에 이르렀다. 엄마는 눈앞에 펼쳐진 광활한 공간을 바라보았다. 그리고 그대로 선 채 숨을 깊이 들이마셨다.

"돌고래는 소리를 기억할 수 있대. 돌고래 한 마리가 무리에서 빠져나와 몇 년이 지나도록 돌아오지 않아도, 무리에 함께 있던 돌고래들은 떠난 돌고래의 목소리를 기억한대. 예전에는 과학자들이 인간 다음으로 기억력이 좋은 동물을 코끼리라고 했는데, 얼마 전에 돌고래가 코끼리보다 더 기억력이 좋다는 걸 알게 되었다나 봐."

엄마는 사막 앞에서도 바다를 생각하고 있었다.

그 말이 사실이라면, 엄마가 차라리 돌고래 무리에 들어가는 건 어떨까? 돌고래들이랑 오랫동안 같이 지내다 보면, 엄마도 돌고래처럼 기억력이 다시 좋아지지 않을까?

엄마가 사막 쪽으로 발을 내디뎠다.

"눈이 오려나?"

"그럴 수도 있어. 작년 4월에도 왔으니까."

"곧 쏟아질 것 같은데?"

엄마는 구름이 잔뜩 낀 하늘을 바라보며 말했다.

"엄마, 우리 오랜만에 '산 터치' 할까?"

'산 터치'는 엄마랑 여기서 했던 놀이였다. 산이 실제보다 훨씬 가깝게 보여서, 엄마와 나는 두 팔을 쭉 뻗은 채 산을 만지는 시늉을 하곤 했다. 그건 한때 우리의 평범한 일상이었다.

엄마가 초점 없는 눈으로 슬며시 미소를 지었다. 어딘가를 멍하니 바라보는 모습에서 더는 지금 이 순간이 평범하지 않다는 걸 깨닫게 했다.

엄마는 마치 하늘을 보듯 나를 쳐다보았다.

"내 딸……, 근데 이름이 기억나지 않아."

그러고는 두 손으로 내 볼을 감싸더니 내 이마에 엄마 이마를 살짝 붙였다. 마치 '캐시'를 찾아내려는 듯, 엄마는 내 눈을 가만히 바라보았다.

엄마는 사물의 이름을 부쩍 잘 잊어버렸다. 예를 들면, 머리를 빗는 도구를 알지만 뭐라고 부르는지 기억해 내지 못하는 식이었다. 지난주에는 이런 일도 있었다.

"글씨 쓰는 물건을 뭐라고 하더라?"

나는 연필과 볼펜을 가져왔다. 연필을 들고는 "이건 연필이에요."라고 말해 주었다. 그다음에는 볼펜을 들고서 "이건 볼펜이

고요."라고 했다. 엄마는 그중에서 볼펜을 골랐다. 나는 엄마를 도와 아빠가 마트에서 사야 할 목록을 적기 시작했다.

"채소야, 녹색이고. 짧고 진한 녹색 머리가 달려 있는데."

이제는 내 이름도 그날의 연필, 볼펜, 브로콜리 같은 게 되어 버렸다.

"음, 엄마 딸은 미술을 좋아해. 하이킹도 좋아하고. 그리고 무엇보다, 엄마는 딸을 사랑하지."

'캐시가 얼마나 아름다운 이름인지 아느냐고 했잖아. 나만 보면 항상.'

하마터면 다음 말까지 목구멍에서 튀어나올 뻔했다. 다행히 꿀꺽 삼켰다. 지금 엄마는 그런 말을 했는지조차 기억하지 못할 거다.

눈물이 뺨을 타고 흘러내렸다. 바람이 휙 스쳐 가자 한기가 느껴졌다. 목이 아팠다. 슬픔을 꾹 눌러 참은 탓이다. 분노가 섞인 설움 같은 것이었다.

나도, 아빠도, 심지어 의사 선생님들도 엄마가 자신을 잃어 가는 걸 막기 위해 할 수 있는 일이 아무것도 없다고 했다. 그건 어마어마한 무력감이었다.

엄마의 기억은 우리 앞에 있는 사막과도 같았다. 산이 침식되어 작은 조각이 되고, 더 쪼개져서 모래가 되고, 더 더 잘게 부서져서 아주아주 작은, 그래서 세상에 존재조차 하지 않는 무언가로 사라지는 것처럼.

"정말 아름답지 않니? 사막 말이야."

엄마가 또 말했다.

'아니. 대체 뭐가 아름답다는 거야? 언제는 내 이름이 제일 아름답다면서? 심지어 내 이름은 엄마가 지은 거잖아. 근데 어떻게 그걸 잊어버릴 수가 있어?'

나는 소리라도 지르고 싶었지만, 엄마도 지금 엄마에게 일어나는 일을 어찌할 수 없다는 걸 이해해야만 했다. 나는 눈물을 삼키며, 허리를 숙인 채 돌멩이를 골랐다. 땅을 훑어 모래를 평평하게 만들고는 돌멩이로 내 이름을 썼다. 색을 넣을 수만 있다면 바닷물처럼 파랗게 칠해서 엄마가 내 이름에 폭 빠져들도록 만들고 싶었다.

"잘 봐, 엄마."

엄마가 내 이름을 보고서 불러 주기를 바랐지만, 엄마는 탄산수 한 모금을 마시고는 내 코에 가볍게 입을 맞출 뿐이었다.

"사랑해."

그래, 이 말이면 됐어. 나도 사랑해, 엄마.

집으로 돌아오는 길에 나는 엄마와 걸음을 맞추며 내 이름 캐시를 속으로 되뇌었다.

"캐시, 어디에 갔다 오는 거니?"

아빠가 현관에서 기다리고 있었다. 엄마는 빈 탄산수 병을 현관 앞에 두고는 아빠한테 팔짱을 끼었다.

"엄마가 산책하고 싶다고 해서 따라갔다 왔어."

"몇 번을 말해? 엄마를 집 밖으로 나가게 해서는 안 된다고. 알았어?"

나는 고개를 끄덕였다. 아빠는 두려운 것 같았다. 하긴 나도 그랬다.

하지만 아빠의 두려움과 나의 두려움은 무언가 좀 달랐다. 말로는 엄마를 안전하게 보호하기 위해서라고 하지만, 사실 아빠는 사람들이 엄마를 이상하게 볼까 봐 두려워하는 것 같았다. 나는 엄마와 더 이상 무언가를 함께할 수 없을까 봐 두려웠다. 이야기를 나눌 수 없을까 봐, 시간이 부족할까 봐.

엄마가 아프고 나서 우리의 일상은 180도로 바뀌었다. 여기저기 등산을 하고, 캠핑을 가고, 해변으로 돌아다니던 일상은 완전히 무너져 버렸다.

"그냥 잠깐 좀 나갔다 온 것뿐이야, 아빠. 나, 엄마 옆에서 한시도 떨어지지 않았어. 그리고 아무 일도 없었잖아."

나는 빈 탄산수 병을 집어 들고 내 방으로 왔다.

"캐시, 캐시라고. 엄마."

나는 혼잣말을 중얼거리며 빈 탄산수 병과 수학 책을 책가방에 욱여넣었다. 책상 위 선반에 있는 상자에서 엄마가 작년에 크리스마스 선물로 준 플라스틱 돌고래 인형을 몇 마리 집어 점퍼 주머니에 아무렇게나 쑤셔 넣었다.

"좋은 아침이에요!"

그때 콜린스 아주머니가 왔다. 좋은 아침은, 개뿔.

학교 가는 길에 비가 내리기 시작했다. 라디오에서 뉴스가 흘러나왔다.

"다음 사연은 딸의 이름을 잊어버린 한 여성에 관한 이야기입니다."

앵커가 이렇게 말하는 것 같았다, 정말로.

원래 나를 학교까지 바래다주고, 또 데리러 오던 사람은 엄마였다. 엄마와 함께라면 학교에 오가는 이십 분이 그렇게 즐거울 수가 없었다.

아빠가 운전을 하며 물었다.

"오늘 저녁은 스파게티 어때? 너, 스파게티 좋아하잖아."

차창 밖으로 산이 보였다. 조지아 오키프의 그림처럼 붉은빛을 띠었다. 나는 오래전부터 산타페에 있는 조지아 오키프 박물관에 가기 위해 돈을 모으는 중이었다. 이대로 길을 잃어도, 조지아 오키프의 그림에 있는 소의 두개골이나 커다란 해바라기 속으로 숨어 버리면 괜찮을 것 같았다.

아빠 차가 학교 앞에 멈춰 섰다. 나는 책가방을 뒷자리에서 가지고 나왔다.

"캐시?"

아빠가 내 이름 끝에 물음표를 달았다. 엄마가 아픈 후로 아빠는 나를 이렇게 부를 때가 많았다.

"괜찮은 거지?"

"응."

"그래, 그럼."

더 할 말이 떠오르지 않았다. 아빠도 지금 걱정거리가 충분히 많을 테니까.

"좋은 하루 보내!"

아빠가 손을 흔들어 주었다.

나에게 '좋은 하루'란 뭘까. 학교 끝나고 집에 가면 현관문을 열자마자 "캐시, 오늘 숙제는 뭐야?" 아니면 "캐시, 제발 네 방 좀 치워!" 그것도 아니면 "캐시, 쓰레기 좀 내놓을래?" 같은 엄마 잔소리가 들리는 일상이 나에게 '좋은 하루' 아닌가.

아니, 그냥 "캐시!" 하고 내 이름을 부르는 소리라도 들을 수 있다면 좋겠다.

그날, 바닷가에서

바람은 완벽했다. 해변에는 우리 가족뿐이었다.

"준비됐지?"

아빠가 물었다.

"물론이지!"

엄마가 신나게 외쳤다.

엄마는 얼레를 나에게 먼저 건넸다. 하지만 나는 엄마가 연날리기를 얼마나 좋아하는지 잘 알고 있었다.

"같이해, 엄마."

엄마가 씩 웃으며 내 손을 잡았다. 아빠는 우리 뒤에서 연을 잡고 있었다.

"하나, 둘, 셋에 가는 거다!"

발에 닿는 모래가 시원했다. 나는 넘어질세라 아빠 말에 귀를 쫑긋 세우며 달렸지만, 엄마는 연만 보면서 내달렸다. 어떻게 그럴 수 있는지는 잘 모르겠다. 무수한 연습 덕분이겠지, 아마도. 아니, 엄마는 발이 알아서 저절로 달린다고 믿는 것 같기도 했다.

"자, 이제 실을 풀어 보자, 캐시!"

나는 손으로 실을 조금씩 풀면서도 연에서 눈을 떼지 않았다. 그러다가 발이 꼬여 넘어지는 바람에 그만 실을 놓치고 말았다. 다행히 엄마가 달려가 얼레를 잽싸게 잡았다.

"괜찮아?"

저쪽에서 엄마 목소리가 들려왔다.

"괜찮아."

정말 괜찮았다. 입에서 선크림 맛이 조금 나는 것만 빼면.

나는 몸을 일으킨 채 하늘을 올려다보았다. 뜨거운 태양이 없어서 하얀 구름이 그대로 보였다. 오늘따라 구름이 빠르게 흘러갔다.

어느새 엄마가 옆에 와서 섰다.

"어떤 바다 동물이 보이니?"

엄마는 하늘을 날고 있는 연 근처에서 구름 하나를 가리켰다.

"딱 가오리다. 그렇지?"

"모르겠는데."

나는 아무리 눈을 씻고 봐도 가오리가 보이지 않았다.

"잘 봐. 가오리라니까."

진짜로 열심히 봤지만, 여전히 아무것도 안 보였다. 나는 멋쩍게 웃었다.

"도저히 모르겠어. 엄마가 찾은 것 중에서 절반도 못 찾겠어."

"캐시, 내가 구름에 보인다고 말한 것 중에서 절반은 지어낸 거야."

엄마는 내 어깨에 팔을 걸치며 뺨에다 살짝 뽀뽀했다. 나는 살며시 미소를 지었다.

"알고 있었어."

"정말? 그래도 엄마 말에 맞장구쳐 주고. 우리 딸, 참 착해."

"착한 딸 맞지?"

"응, 착한 딸이지. 하지만 엄마도 그럴 만한 이유가 있었어. 너도 알 것 같은데?"

엄마가 킥킥 웃었다.

"나랑 좀 더 오래 놀고 싶어서?"

엄마의 대답을 기다리는데 아빠가 가까이 다가왔다.

"이제 연 내릴까?"

"아니, 이따 내가 할게."

엄마는 알록달록한 연을 바라보았다. 연은 바람결에 까닥거리며 하늘에 유유히 떠 있었다.

수학 시간에 존스 선생님이 연의 원리에 대해 질문한 적이 있었다. 각을 이루는 반직선과 수직으로 만나는 선분을 설명하기 위해 연을 예시로 꺼낸 거였다. 하지만 그런 식으로 생각하기는 싫었다. 나는 엄마 방식대로 연을 생각하는 게 좋았다. 연은 팔을 기다랗게 늘인 거라고, 그러니까 우리가 연으로 하늘을 만지는 거라고.

"아빠도 저기에 가오리가 보여?"

나는 아까 엄마가 말한 데를 가리켰다.

"나도 잘 아는 놀이네."

아빠 말에 엄마가 깔깔 웃었다.

마침 바람이 휙 불어 얼레가 해변 쪽으로 굴러갔다. 우리는 벌떡 일어나 얼레를 잡으러 달려갔다. 하지만 얼레를 잡고 실을 당겼을 때는 이미 연이 떨어져 파도에 이리저리 쓸리고 있었다. 엄마가 살을 잡아 연을 들어 올렸다.

"엄마, 이건 못 쓰겠지?"

"한번 말려 보자. 말리고 나서 보지, 뭐."

엄마가 조심스럽게 연을 털며 대답했다.

"다시 쓰기 어려울 것 같……."

아빠가 끼어들었다가 엄마의 눈총에 말끝을 흐렸다. 이 무서운 눈초리는 내가 수학 시험에서 B를 받았을 때나 볼 수 있는 것이었다.

"우리, 아이스크림 먹으러 가자. 이 연을 어떻게 다시 하늘에 띄울지, 아이스크림을 먹으면서 생각해 보는 거야."

엄마가 부드러운 목소리로 나에게 제안했다. 아빠는 차에서 보자며 먼저 간 뒤였다. 바다를 떠나기 전에, 언제나 엄마와 내가 행하는 의식이 있었다.

"또 올 때까지 잘 있어. 오늘도 감동이었어."

엄마는 저 멀리 수평선을 향해 손을 흔들었다. 나도 덩달아 손을 흔들었다.

"엄마는 수영해서 어디까지 갈 수 있어?"

"글쎄, 아주 멀리까지 갈 수 있을 것 같은데?"

바닷물이 아무리 차가워도 엄마는 개의치 않고 꿋꿋이 수영을 할 것이다. 배가 고프거나 목이 마를 즈음에야 비로소 멈추겠지.

"캐시는 어때?"

엄마가 내 손을 꼭 잡고 물어보았다.

"아주 멀리까지 가기는 어려울 것 같아."

나도 수영을 곧잘 하지만, 바다에서 수영하는 건 너무 무서웠다.

"왜?"

"음, 나를 둘러싼 것들이 죄다 어두운 데다 예측 불가능하잖아."

"예측 불가능이라니. 와, 어려운 말이네."

"그래서 내가 수학을 좋아하는 거야. 숫자에는 규칙이 있거든."

"규칙 좋지. 근데 아주 깜짝 놀랄 만큼 재미있는 모험이 펼쳐진다면?"

엄마가 웃으며 되물었다.

"그런 모험을 위해 바다에 뛰어들어야 한다면, 나는 차라리 해변에 앉아서 하루 종일 나눗셈이나 풀래."

그때 클랙슨 소리가 들렸다. 아빠가 어서 오라고 손짓을 했다.

"아이스크림 먹자! 로키 로드! 오렌지 셔벗! 초콜릿 칩이다!"

아빠는 우리가 좋아하는 맛을 하나씩 외쳤다.

"이제 가야겠다."

엄마가 다시 하늘을 가리켰다.

"저기, 돌고래가 있네."

"오, 이번에는 진짜 돌고래처럼 보여!"

"언젠가 엄마는 영국 해협을 수영해서 건널 거야."

처음 들어 보는 계획이지만 그리 놀랄 만한 말도 아니었다. 엄마는 상상하기를 좋아했다.

"그때쯤이면 캐시, 너도 바다에 대한 생각이 조금 달라지지 않을까? 여전히 바다가 무섭다고 생각할 수도 있겠지만. 뭐, 그래도 괜찮아."

"아니야, 나도 엄마랑 꼭 바다에서 수영할 거야."

"좋아! 만약 영국 해협을 건너게 되면 엄마를 도와줄 아주 유능한 대원이 필요하거든! 우리 캐시는 표나 데이터 분석을 잘하니까, 궂은 날씨나 급류처럼 위험한 상황이 닥치면 엄마에게 미리 알려 주면 좋겠다."

엄마는 고개를 끄덕이며 윙크했다. 나는 슬리퍼를 집어 들면서 큰 소리로 웃었다.

주차장에는 우리 차 외에도 다른 차가 두 대 더 있었다. 아빠는 선글라스를 쓴 채 차 문을 모두 열어 놓고 보닛에 기대앉아 〈누구나 세상을 지배하고 싶어 하지〉를 흥얼거리고 있었다. 엄마와 나도 차에서 흘러나오는 노래를 따라 불렀다. 엄마는 춤을 추면서 아빠 손을 잡았다. 춤추기에 좋은 멜로디는 아니지만, 어쨌거나 노래에 맞추어 춤을 추었다.

엄마가 나에게도 손짓했다. 나는 고개를 저으며, 가사를 '누구나 아이스크림을 먹고 싶어 하지'로 바꾸어 불렀다.

그러자 아빠가 손을 번쩍, 하늘로 높이 들었다.

"예이! 아이스크림 먹자!"

아빠는 로키 로드, 엄마는 오렌지 셔벗, 나는 초콜릿 칩을 집었다. 다음 곡은 신디 로퍼의 〈여자들은 단지 즐겁게 살고 싶어〉가 흘러나왔다.

"아이스크림은 이따 먹을까?"

엄마는 《매우 특별한 그녀》 앨범에 나오는 신디 로퍼처럼 근사하게 포즈를 취했다. 엄마 생일에 아빠가 선물한 이 앨범 포스터는 곧장 엄마 서재에 걸렸다.

"캐시, 같이 추자."

엄마가 춤을 추며 손짓했다.

"에이, 싫어."

"왜? 아름다운 날이잖아. 우리는 지금 해변에 있고, 곧 아이스크림도 먹을 거야. 춤추지 않을 이유가 없는데?"

"그냥 노래나 부를래."

나는 발을 까딱까딱하며 리듬을 탔다.

"이 노래를 들으면서 어떻게 춤을 안 출 수가 있지?"

엄마는 내 주위를 빙그르르 돌았다.

"바다를 보아도 들어가서 수영하고 싶은 생각이 안 드는 거랑 같은 거야. 엄마는 잘 모르겠지만."

"캐시 로드리게스! 우리, 약속 하나만 하자. 내가 영국 해협을 건너는 날, 이 노래에 맞추어서 나랑 춤추기로. 어때? 약속?"

"좋아!"

나는 손을 내밀었다. 엄마는 내 손을 잡고 신나게 흔들었다.

음악 소리에 파도 소리가 은은히 섞여들었다. 넓고 푸른 완벽한 공간에 엄마와 내가 함께 있었다.

아무리 나누어도 사라지지 않는 것

오늘은 비가 와서 교실에 바로 들어갔다. 내가 일등이었다. 지 선생님이 마침 크롬북 카트를 열고 있었다.

"캐시, 안녕."

"안녕하세요, 지 선생님."

나는 자리에 앉았다. 빗소리 외에는 아무 소리도 들리지 않았다. 지 선생님은 급식실 쪽에서 오는 친구들을 위해 교실 뒷문을 열어 두었다. 나는 늘 그랬던 것처럼 스케치북을 펼치고서 이미지가 떠오르기를 기다렸다. 별이 반짝반짝 빛나는 밤, 하늘에 닿을 듯한 나무, 바다 위를 나는 연. 모두 내가 자주 그리던 것들이었다.

하지만 엄마의 기억이 사라지기 시작하면서 나의 생각도 같이 사라져 버렸다. 새로운 걸 그려야겠다 싶어서 선을 그린 다음 그 위에 원을 그렸다. 스틱맨에게 신발을 신기고 반바지와 티셔츠도 입혔다. 움직이는 것처럼 보여 주고 싶었지만, 아무리 꾸며도 스틱맨은 제자리에 가만히 있는 듯했다.

고개를 들고 선생님 책상 옆에 걸려 있는 포스터를 바라보았다. 자전거 그림이 그려진 포스터 아래에는 알베르트 아인슈타인의 명언이 적혀 있었다.

인생은 자전거를 타는 것과 같다.
넘어지지 않으려면 계속 움직여야 한다.

내가 마지막으로 자전거를 탄 게 언제였더라……. 그때 한 무리의 아이들이 들어오면서 교실이 금세 시끌벅적해졌다. 나는 책가방을 열고 빈 탄산수 병을 꺼냈다. 다른 아이들이 보드게임을 하느라 정신없는 사이, 교실 뒷문으로 나가서 빗속에 빈 병을 내두었다.

부모로부터 기분까지 물려받는 일이 가능한지는 잘 모르겠다. 그게 가능하다면 비를 좋아하는 마음은 분명 엄마에게 물려받은 것이다. 물론 엄마의 눈과 엄마의 입, 엄마의 머리 색도 물려받았지만.

수업 시작종이 울리기 전까지 물병에 4분의 1 정도 빗물이 찼다. 나는 교실로 돌아와 병에 묻은 물기를 휴지로 닦고 뚜껑을 잘 닫은 후 책가방에 넣었다.

조회 시간에 주머니에서 돌고래 인형을 꺼냈다. 하나는 긴부리돌고래였고, 하나는 병코돌고래였다. 책상 서랍에서 검은색 네임 펜을 꺼내어 돌고래 꼬리에 각각 '캐시'라고 적었다.

"좋은 아침."

선생님은 반 아이들을 향해 인사하고는 수학 익힘 책과 수학 교과서를 꺼내라고 했다. 나는 돌고래 두 마리를 주머니에 다시 넣고 책상 서랍을 뒤졌다. 몽탄 연필로 가득한 상자를 꺼내고, 빈 타키(포테이토칩의 한 종류) 봉지와 구겨진 시험지, 그리고 여러 가지 잡동사니들을 옆으로 밀었다.

누가 더 많이 서랍에 집어넣을 수 있는지를 뽑는 세계 신기록 대회가 있다면, 나야말로 우승은 따 놓은 당상일 텐데. 나는 대단한 수집가다. 이 또한 엄마에게서 물려받은 습관이다.

대충 어림해 보자면 서랍에는 크기가 다른 연필과 지우개가 스무 개 정도 있고, 우연히 운동장에서 주운 물건들도 무수히 들어 있다. 한번은 고장 난 은색 라이터를 주웠는데, 사자 문양이 좀 오래되었지만 그런대로 꽤 멋졌다. 나는 그 라이터를 서랍에 두었다가 교무실로 가져가서 선생님에게 맡겼다.

여기서 요즘 내가 가장 아끼는 물건은 형광펜 뚜껑을 풀로 붙여 놓은 물병이다. 몸통에는 분홍색 지우개 조각을 여기저기 붙여 놓았다. 이게 도대체 뭐냐고 누가 묻는다면, "나도 잘 모르겠어. 이상하게 생겼지?"라고 대답해 줄 것이다. 하지만 이상하게 생겨 먹은 건 '나'라는 존재도 마찬가지다.

"수업 시작하기 전에 예술제 안내장을 나눠 줄 테니까, 집에 가져가서 부모님께 보여 드려. 예술제에 출품하고 싶은 사람은 안내장을 특히 잘 읽어 보도록 하고."

서랍에서 수학 책을 꺼내는 순간, 빈 타키 봉지가 바닥에 툭 떨어졌다. 그때 선생님이 다가와 안내장을 내밀면서 말했다.

"캐시, 작년에 네가 낸 작품이 아직도 눈에 선하단다. 올해는 또 어떤 멋진 작품을 낼지, 선생님은 벌써부터 기대가 되네."

예술제가 열린 작년 5월은 엄마가 아직 진단을 받기 전이었다. 그때만 해도 그림을 그리는 게 쉬웠다. 하지만 지금은 그렇지 않았다. 선생님한테 작년만큼 기대했다가는 실망할 게 분명하다고 큰 소리로 말해 주고 싶었다. 기껏 그려 보았자 스틱맨일 게 뻔하다고.

안내장을 서랍에 넣고 타키 봉지를 주웠다. 교실 끝에 있는 쓰레기통 쪽으로 가면서 베일리의 책상을 스쳐 지났다. 책가방에 안내장을 막 집어넣던 베일리와 눈이 딱 마주쳤다.

나는 짐짓 손을 들어 알은체를 했지만, 베일리는 건드리면 가만 안 두겠다는 듯한 표정으로 나를 쏘아보았다. 예전에 베일리와 같이 축구를 할 때, 상대 팀을 바라보던 눈빛이었다. 그때 베일리는 자기 눈을 가리키면서 원더우먼이나 잔 다르크 같지 않느냐고 말하곤 했다. 내가 몹시 좋아하는 표정이었는데, 막상 베일리가 그런 눈으로 나를 보니까 느낌이 사뭇 달랐다.

베일리는 다시 앞을 보았다. 나는 타키 봉지를 쓰레기통에 버렸다.

"자, 자."

선생님이 손뼉을 쳤다.

"지금까지 소수 더하기랑 소수 빼기를 배웠지? 소수 곱하기도 배웠고. 그럼 오늘은?"

"소수 나누기요!"

아이들이 크게 외쳤다.

"소수 나누기는 선생님이 제일 좋아하는 연산이기도 해. 왜 그런지 맞혀 볼 사람?"

찰리가 손을 들었다.

"선생님이 나눗셈을 좋아하시는 건……. 참, 그 전에 선생님, 오해하시면 안 돼요. 선생님은 물건 나누는 걸 좋아하셔서 그런 게 아닐까요?"

몇몇 아이들이 해맑게 웃었다.

"음, 찰리가 말한 물건이 숫자라면 맞는 말이야."

선생님이 미소를 띠었다.

"나눗셈의 목적이 무엇일까? 일 분 동안 각자 생각해 볼 시간을 줄게. 그다음에는 대답할 사람을 지목할 거야."

선생님이 교탁에 있는 종을 치자 땡! 하고 소리가 났다. 잠시 후, 선생님은 아이들의 이름이 꽂혀 있는 통에서 나무 막대 하나를 뽑았다.

"수잔이구나! 대답해 볼래?"

"음, 나눗셈의 목적은 작은 숫자가 큰 수에 얼마나 들어갈 수 있는지를 보는 거예요. 예를 들어 1,000원에는 100원이 열 개 있는 거잖아요. 200원짜리 풍선껌을 사고 싶을 때 나눗셈을 해 보면 1,000원으로 풍선껌을 몇 개 살 수 있는지 쉽게 알 수 있어요."

"와, 수잔. 정말 잘했어! 박수! 자, 그럼 다음 질문."

선생님은 왠지 신난 듯했다. 칠판에 '100'을 쓰고 나서 아이들을 향해 다시 질문을 던졌다.

"여기 100이 있어. 이 안에 25가 얼마나 들어 있는지를 알아보려면 어떻게 해야 할까?"

나도 손을 들었지만, 선생님은 오스틴에게 손짓했다.

"100을 25로 나누면 돼요. 네 개 들어 있어요."

"맞아, 그렇다면 나눗셈의 목적은?"

선생님이 손뼉을 짝 쳤다. 아이들은 한목소리로 답을 외쳤다.

"숫자를 작게 나누는 거예요!"

"바로 그거야!"

선생님은 '100' 옆에 상자를 네 개 그리고는 그 안에 '25'라고 각각 적었다.

"자, 여러분이 말한 대로 나누기를 하면 어떤 수 안에 그보다 작은 수가 몇 개 들어 있는지를 볼 수 있어. 근데 말이야. 나눌 수 없을 것 같은 아주 작은 숫자로도 나눗셈을 할 수 있단다."

선생님은 칠판에 ‘1÷100=?’이라는 수식을 적었다.

“선생님이 셋을 세면, 모두 대답하는 거야. 1 나누기 100은 얼마일까? 하나…….”

“선생님, 1을 100으로 나누는 것 맞죠?”

안드레아가 조심스레 물었다.

“그렇지. 이 조각 하나가 가지는 값은…….”

선생님은 ‘0.01’이라고 적었다.

“마법 같지 않니? 세상에서 가장 작은 수 1을 더 작은 조각으로 나눌 수 있다니 말이야.”

아이들이 와하하 웃었다.

나는 선생님이 시키는 대로 연습 문제를 따라 풀다가, 이내 작은 수로 큰 수를 나누는 재미에 푹 빠졌다. 우리가 배우는 자릿수 익힘표에는 100만 분의 1까지만 나와 있었다.

갑자기 궁금증이 일었다. 끝없이 쪼개어도 답이 계속해서 나오는 걸까? 아니면 너무 잘게 쪼개면 더는 존재하지 않고 사라지는 걸까?

나 혼자서 결론을 내려 버렸다. 왠지 숫자는 아무리 나누어도 절대 사라지지 않을 것 같았다. 기억과는 달리…….

비를 좋아하는 건

쉬는 시간, 나는 축구장 한쪽 모퉁이에 있는 벤치로 갔다. 매운 라임 맛 타키 봉지를 뜯어 옆에 두고는, 아까 그리다 말았던 스케치북을 펼쳤다. 스틱맨 머리 위로 말풍선을 그린 다음, 수학 시간에 배운 나눗셈을 적어 넣었다.

'4.6÷8=?'

'7.2÷12=?'

나는 스케치북 한가운데에 꼬리를 펄럭이는 연을 그렸다.

연은 파도 위를, 정확히는 영국 해협 위를 둥둥 떠다닌다. 그때 물속에서 팔 하나가 쑥 올라온다. 수영하는 엄마가 실을 잡을 듯이 손바닥을 활짝 편다. 나는 연에 달린 실을 아래로 늘어뜨려 엄마의 손가락에 칭칭 감아 준다. 직각을 이루는 두 선분을 그려 연의 몸통을 만든 뒤, 그 아래 살과 살 사이사이에 내 이름을 적어 넣었다.

하나 더 그려 볼까? 이번에는 엄마가 등산로를 걸어간다. 엄마 앞에는 '파이크 코스-16킬로미터'라고 적힌 표지판이 바닥 위로 삐죽 나와 있다. 배경으로 산을 그린 다음, 산꼭대기에 '캐시의 이름이 여기에 있습니다.'라고 쓴 또 다른 표지판을 세운다.

타키 봉지에 손을 뻗어 몇 개 꺼내 먹고는 스케치북 종이를 북 뜯어서 구겨 버렸다. 이런 게 다 무슨 소용이야.

쓰레기통이 있는 쪽으로 걸어갔다. 몇몇 아이들이 모여 치즈 크래커, 포테이토칩, 그래놀라 바 같은 걸 먹고 있었다. 나는 그곳에서 베일리를 보았다. 베일리는 친구들이랑 같이 내 것과 똑같은 타키를 먹고 있었다. 빨간색 티셔츠와 빨간색 바지 차림에 빨간색 테니스 슈즈를 신고서 축구 양말을 무릎까지 올려 신은 베일리……. 그래서 그런지 베일리는 어디서나 눈에 띄었다.

베일리와 친구들은 동그랗게 원을 그린 채 서 있었다. 서로 수다를 떨면서 일 초에 한 번꼴로 깔깔대고 웃다가 가끔씩 고개를 돌려 운동장을 쳐다보았다.

내가 알고 있는 원에 대해서 이야기해 볼까? 원은 각이 없고 360도다. 반지름은 원의 중심에서 둘레까지의 거리다. 원의 면적을 구할 때는 파이를 사용한다. 내가 만약 아이들의 초대를 받아 저 원에 들어가게 된다면 원의 반지름과 지름, 면적, 그러니까 원에 대한 모든 것이 변하고 만다.

쓰레기통에서 다섯 걸음쯤 떨어진 곳에 서서, 잔뜩 구겨진 종이 뭉치를 골인해 보려고 던졌다. 당연하게도, 종이 뭉치는 쓰레기통 가장자리에 맞고는 튕겨 나왔다. 하필이면 나에게 너무나 익숙한 빨간색 테니스 슈즈 옆에.

베일리는 마치 스틱맨처럼 딱 얼어붙어 있었다. 그렇다고 매서운 눈초리로 쏘아보는 것도 아니었다. 아니, 아예 나한테 눈길조차 주지 않았다. 내 실수를 사과할 시간이 아주 잠깐 있었던 것 같다. 하지만 나는 스케치북에 갇힌 그림처럼 입 밖으로 말이 새어 나오지 않았다. 내가 땅에 떨어진 종이 뭉치를 줍기도 전에 베일리는 이미 축구장으로 달려가 버렸다.

그리 오래전 일도 아니었다. 우리는 토요일마다 축구를 하며 함께 놀았다. 경기가 없는 날이면 나는 어김없이 자전거를 타고 베일리네 집으로 찾아갔다. 그리고 베일리와 함께 슈퍼마켓에 가서 이온음료와 해바라기 씨를 사서 공원으로 향하곤 했다.

우리는 공원에서 몇 시간이고 놀았다. 공을 차다가 싫증이 나면 언덕으로 올라가 꼭대기에 앉아 있기도 하고, 나무 아래 그늘을 찾아다니기도 했다. 해바라기 씨껍질을 빈 통에 뱉어 내면서 끊임없이 수다를 떨기도 했다.

베일리는 수비수들 사이를 번개같이 누비고 다녔다. 기술이 하나도 녹슬지 않았다. 오히려 더 발전한 것 같았다. 문득 궁금해졌다. 베일리는 요즘도 그 공원에 갈까?

나는 벤치로 돌아와 책가방을 집어 들고는 식수대로 갔다. 식수대 앞에는 포스터가 붙어 있었다.

오픈 하우스 기념 예술제가
5월 18일에 오후 5시부터 7시까지 열립니다.
제출할 작품은 5월 12일까지
담임 선생님께 내거나 교무실로 가지고 오세요.
여러분의 적극적인 참여를 기다립니다.

작년에 나는 엄마의 초상화를 소묘로 그려서 예술제에 제출했다. 하지만 이제는 많은 게 바뀌었다. 아무거나 내도 상관없다면 지금 막 쓰레기통에 던져 버린 종이 뭉치라도 내 버릴까? 올해도 굳이 출품해야 한다면 나는 아픈 엄마의 초상화를 낼 수밖에 없을 테니까.

수업 시작종이 울렸다. 나는 다시 쓰레기통으로 갔다. 그러고는 치즈 크래커와 미니 오레오 쿠키 봉지 아래에 아무렇게나 섞여 있는 종이 뭉치를 집어 들었다.

"왜? 먹을 게 더 필요한 거야?"

마리사가 깔깔대며 웃었다. 나는 일부러 진지하게 받아쳤다.

"고맙지만 지금 난 완전 배불러. 잃어버린 걸 찾으려는 것뿐이야."

나는 종이 뭉치를 집어 들고서 교실 쪽으로 갔다.

마리사가 뒤따라오더니, 내 앞에 가고 있는 베일리에게 달려가 웃으면서 손을 흔들었다. 베일리가 뒤를 돌아보았다. 나는 구겨진 종이 뭉치가 마치 축구공인 양 무릎으로 통통 튕겼다.

"캐시, 쉬는 시간 끝났어."

그때 지 선생님이 다가왔다. 베일리에게 나의 축구 실력도 아직 녹슬지 않았다는 걸 보여 주고 싶었는데……. 아쉬웠다.

나는 종이 뭉치를 서랍에 구겨 넣으려다가 판판하게 편 다음, 반으로 접어서 수학 책 사이에 끼워 넣었다. 어쩌면 이게 시작이 될 수 있을지도 모르니까.

베일리와 처음 말을 튼 건 아이들과 함께 자화상을 그릴 때였다. 베일리는 축구공을 그렸고, 나는 언젠가 책에서 보았던 조지아 오키프의 해바라기를 그렸다. 하늘 위에 있는 해바라기라 구름에서 줄기가 뻗어 내려오도록 그렸다.

"꽃은 땅에 있어야 하지 않을까?"

자원봉사자 선생님이 내 그림을 보고 이렇게 물었다. 그러자 베일리가 마치 이런 꽃을 이미 봐서 잘 알고 있는 것처럼 대꾸했다.

"이건 하늘에 떠 있는 꽃이잖아요!"

오늘은 방과 후 미술반 수업이 있는 날이었다. 아이들이 모두 모이자 선생님이 말했다.

"우리 미술반에 아주 좋은 기회가 생겼어. 다 같이 힘을 합쳐야 하는 일이라 더욱 특별하고 뜻 깊은 작업이 될 거야."

"혹시 학교 건물을 칠하는 건가요?"

조나단이 물었다.

"음, 비슷해. 예술제를 알리기 위해 벽화를 그릴 거야. 오늘은 집에 가기 전까지 그리고 싶은 주제에 대해 이야기해 보자."

나는 손을 번쩍 들었다.

"바다를 주제로 하는 건 어때요?"

"여기는 사막인데?"

조나단이 바로 되물었다.

하지만 사막은 텅 빈 것처럼 너무 적막한걸. 바다가 그려진 벽화를 보면 분명 엄마가 좋아할 텐데. 물론 예술제에 엄마가 오는 걸 아빠가 허락해야 가능한 일이겠지만.

나도 되물었다.

"바다가 더 특별할 것 같지 않아?"

"나는 그냥 우리 학교랑 연관 있는 걸 그리는 게 어떨까 해서. 학교 마스코트가 코요테니까 그거랑 어울리는 배경이 좋잖아."

조나단이 어깨를 으쓱했다. 그때 베일리가 끼어들었다.

"나도 사막이 더 좋아. 바다는 우리에게 별 의미가 없으니까. 조나단이 말한 대로 우리는 사막 지대에 살고 있잖아. 벽화라면 우리가 사는 곳을 그려야 더 의미 있지 않을까? 조지아 오키프도 사막이 아름답다고 하지 않았어?"

"조지아 오키프는 환경에 대해 이야기한 거야."

나는 베일리를 쳐다보지도 않고 대꾸했다. 이제는 베일리에게 내 편을 들어 달라고 할 수도 없었다.

베일리도 나만큼이나 조지아 오키프를 잘 알고 또 좋아했다. 베일리가 제일 좋아하는 조지아 오키프의 작품은 〈두개골〉이었다. 베일리는 그림 자체로도 충분히 멋지지만, 생명을 떠올릴 수 있어서 좋아한다고 했다.

내가 제일 좋아하는 작품은 〈붉은 절벽〉이었다. 조지아 오키프는 이 그림에서 따뜻한 색과 차가운 색을 적절히 잘 섞어 썼다. 나는 베일리에게 슬픔과 기쁨을 동시에 느낄 수 있어서 이 작품을 좋아한다고 말해 주었다.

선생님이 다른 의견이 있는지 아이들에게 물었다. 아무도 손을 들지 않았다.

"지금 주제를 정해도 좋고, 좀 더 생각할 시간을 가진 다음에 투표해서 정해도 좋아. 우리의 결정이 미술반 전체의 의견이 되는 거니까."

"선생님, 그럼 선택지를 하나 더 넣으면 어때요? '바다', '사막', '더 생각해 보기', 이렇게 세 가지로요."

이렇게 말하는 베일리를 보며 나도 모르게 슬며시 웃음을 지었다. 베일리가 그런 나를 보았는지는 잘 모르겠다.

"좋은 생각이야."

선생님은 칠판에 베일리가 말한 세 가지를 모두 적었다. 조나단을 제외하고 베일리와 다른 친구들은 '더 생각해 보기'를 골랐다.

"그럼 이제 벽화를 그릴 곳이 어디인지 보여 줄게."

선생님은 아이들에게 밖으로 따라 나오라고 손짓했다. 그러고는 급식실 옆에 있는 자료실 문을 열고 바퀴가 달린 아주 긴 직사각형 벽판을 보여 주었다.

"커다란 종이를 알맞은 크기로 나누어서 각자 그림을 그릴 거야. 그리고 여기에 너희 작품들을 붙여서 전시할 거란다."

나는 시원한 색깔의 바다가 벽판을 가득 채우고, 그 안에서 돌고래와 가오리가 수영하는 모습을 떠올렸다. 베일리가 내 뒤에 서서 말했다.

"조지아 오키프가 바다를 그린다면 어떻게 했을까?"

"글쎄, 잘 모르겠는데. 사막과 바다는 완전히 다르니까. 그렇지 않아?"

"그렇긴 하지. 하지만 조지아 오키프라면 자기만의 바다를 그렸을 것 같아."

"맞아."

그때 선생님이 수업을 마무리했다.

"자, 다음 주까지 벽화 주제를 생각해 오자. 밑그림을 그려 와서 반 친구들에게 보여 주는 것도 좋아. 그럼 다음 주에 보자."

나는 혼자 돌봄 교실로 향했다. 엄마와 아빠가 모두 일을 했기 때문에 학교가 끝나면 늘 돌봄 교실에 가 있었다.

지금은 콜린스 아주머니와 엄마가 집에 있는데도 돌봄 교실로 간다. 아빠는 나의 정상적인 일상을 위해 돌봄 교실에 계속 있는 것이 좋겠다고 했다.

돌봄 교실 아이들이 숙제를 하는 동안에 나는 문밖에 있었다. 물병에 빗물을 더 채우기 위해서였다. 비가 세차게 내려서 물병이 금방 가득 찼다. 뚜껑을 닫은 뒤 내 자리로 돌아왔다.

그러고는 물이 흐를세라 병뚜껑을 조심히 열고 주머니에서 내 이름이 적힌 플라스틱 돌고래 인형들을 꺼내어 하나씩 집어넣었다. 가슴지느러미가 걸리는 바람에 조금 낑낑댔지만, 가까스로 두 마리를 모두 넣고 병뚜껑을 도로 닫았다.

"오늘은 뭘 만들었니, 캐시?"

제시카 선생님이다. 적어도 친구들이랑 게임을 하고 싶지는 않은지, 혹은 같이 놀 친구를 찾아보는 게 어떠냐고 물어보는 것보다는 훨씬 나았다. 나도 안다. 대부분의 시간을 혼자 보내는 아이를 선생님들이 얼마나 걱정하는지.

나는 돌고래들이 수영하는 것처럼 보이도록 병을 가로로 눕혀서 흔들었다.

"엄마에게 보여 주려고요."

"그렇구나. 물에 파란색 물감을 조금 더 섞으면 진짜 바다 같겠다."

"감사합니다, 제시카 선생님. 조금만 더 넣어 볼게요."

그때 아빠가 급식실 쪽에서 걸어오고 있었다. 겨우 4시 30분인데, 너무 이르잖아.

"이제 집에 가야겠네."

제시카 선생님이 웃으며 말했다. 집이라는 단어가 주는 의미가 이토록 짧은 시간에 완전히 달라질 수 있다니 참 우습게 느껴졌다. 나는 물병을 책가방 옆구리에 있는 물통 주머니에 찔러 넣고 아빠를 따라나섰다.

"왜 이렇게 일찍 왔어?"

"오늘따라 일이 잘 안 돼서."

거짓말이다. 아빠는 아침에 있었던 일이 걱정되었을 것이다. 그래서 나를 일찍 데리러 오려고 엄청 부지런히 일했을 테지.

"별일 없었지?"

"응."

우리는 학교를 빙 둘러 식수대로 갔다. 물을 마시려던 아빠가 예술제 포스터를 흘깃 쳐다보았다.

"올해도 작품 내는 거지?"

"생각 중이야. 아이디어가 떠오른다면."

출품할 계획이 없다는 걸 아빠는 꿈에도 모른다. 아빠는 내 머리에 살짝 입을 맞추었다.

"그래, 완성되면 꼭 보여 줘."

"알았어, 아빠한테 제일 먼저 보여 줄게."

과연 뭐라도 그릴 수 있을까.

"어떤 재료를 쓸 거니?"

"응?"

나는 괜히 못 들은 척했다.

"재료 말이야. 목탄이 좋을까? 아니면 아크릴 물감이나 수채화 물감이 좋을까?"

"뭐, 일단은 작년하고는 다르겠지."

나는 대충 대꾸하며 차 문을 열었다.

분홍색 도넛 상자가 발에 차였다. 아빠의 오늘 아침이었다. 출근길에 아빠는 '패밀리 도넛' 가게에 들러 애플파이 몇 개를 사 먹었을 것이다. 상자를 옆으로 슬쩍 밀었다.

문득 어느 주말 새벽 5시에 일어나 엄마, 아빠와 함께 조지아 오키프의 특별 전시가 열리는 미술관에 갔던 생각이 났다. 그날도 도넛을 사서 출발했다. 아빠가 시동을 켜자 통풍구에서 뜨거운 바람이 훅 나왔다.

라디오에서 즐겨 듣던 노래가 흘러나왔다. 엄마와 아빠는 어디를 갈 때마다 차 안에서 노래를 따라 부르곤 했다. 정말이지 행복했다.

엄마는 가사를 다 기억하고 있었다. 그때는 노래뿐 아니라 모든 걸 기억했다. 그리고 "사랑해, 캐시. 너는 엄마에게 전부야." 라고 늘 속삭여 주었다. 단 하루도 그냥 지나가는 법이 없었다.

지금 엄마는 자기만의 세상 속에서 살아가고 있다. 때로 엄마의 세상 속에 아빠와 내가 있기는 한지……, 의심이 든다.

"오늘 저녁에 스파게티 먹기로 했지?"

아빠 목소리에 정신이 퍼뜩 들었다. 어느새 집에 도착했다.

아빠는 시동을 끄지 않고 말했다.

"슈퍼마켓에 가서 스파게티 소스 좀 사 올게. 오늘은 콜린스 아주머니에게 좀 일찍 퇴근하시라고 하자."

"엄마랑 나도 같이 가면 안 돼? 내가 엄마 옆에 꼭 붙어 있으면 되잖아."

"혼자 다녀오는 게 편해. 금방 다녀올게."

아빠는 조수석 쪽으로 몸을 기울여 문을 열어 주었다. 엄마가 원하는 건 그게 아닌데. 엄마는 여기저기 다니는 걸 좋아하는데…….

하지만 이제는 내가 어찌할 수 없었다. 나는 책가방을 들고 집 안으로 들어갔다.

부서진 돌고래 조각

현관문을 열고 들어가자 거실 바닥이 서걱서걱 긁혔다. 나는 그 자리에 얼어붙고 말았다. 깨진 유리와 도자기 조각이 사방에 흩어져 있었다.

엄마는 자연 다큐멘터리를 보는 중이었다. 하늘을 나는 새들이 텔레비전 화면을 가득 채웠다. 도리토스 봉지와 빈 탄산수 캔들이 아무렇게 나뒹굴었다.

"콜린스 아주머니! 괜찮으세요?"

나는 발꿈치를 들고 조심조심 걸어갔다.

"왔니? 잠시 자리를 비웠는데 깨지는 소리가 들리지 뭐니? 엄마를 미처 말리지 못했어."

아주머니가 주방에서 빗자루와 쓰레받기를 들고 나왔다.

장식장 안이 텅 비어 있었다. 원래는 엄마의 돌고래 컬렉션과 휴가 때마다 엄마랑 내가 주워 온 '행운의 동전' 모양의 조개와 성게가 진열되어 있었다.

"어쩌다 이렇게 됐는지 모르겠어. 분명 텔레비전을 보고 있었거든. 그래서 빨래를 건조기로 옮기러 갔는데, 그사이에 이 난리가 난 거야. 미안해, 캐시."

아주머니가 쓰레받기에 깨진 조각들을 쓸어 담았다.

"아니에요, 제가 치울게요. 얼른 들어가세요."

"혼자 할 수 있겠니? 내가 도와주고 가도 돼."

"정말 괜찮아요. 고맙습니다."

"그래, 그럼 내일 보자."

나는 허리를 숙여 깨진 조각들을 자세히 살펴보았다. 어림잡아도 수백 개는 넘게 거실 바닥에 흩어져 있었다. 그래도 몇 마리는 살릴 수 있지 않을까. 하얀색 도자기 몸통에 푸른색 유리 지느러미를 붙인 우스꽝스러운 모습이 될지도 모르지만, 어떻게든 엄마의 돌고래들을 살려 내야겠다고 생각했다.

하지만 행운의 동전은 수습이 불가능했다. 행운의 동전을 주우러 다닐 때마다 엄마는 작은 가방에 보드라운 천을 깔고서 조심히 담아 오곤 했다.

"모양이 온전한 것만 찾자. 깨지거나 금 간 건 줍지 말고."

엄마는 매번 나에게 상기시켰다. 하지만 이제 행운의 동전은 없다.

등 뒤에서 인기척이 났다. 엄마가 옆에 쪼그려 앉더니 조각난 행운의 동전을 내 손에 올려놓았다.

"어디서 주워 왔는지 기억나?"

내 물음에 엄마는 마치 기억이 난다는 듯이 손가락으로 깨진 조각을 살살 문지르며 아련하게 말했다.

"행운의 동전들은 우리에게 행운을 가져다주지."

하지만 우리의 행운은 이제 다한 것 같다.

"엄마, 잠깐만."

나는 주방으로 가서 깨진 행운의 동전들을 모아 놓을 작은 통을 골랐다.

꽤 오랫동안 나는 행운의 동전이 살아 있는 생물이란 걸 깨닫지 못했다. 어느 날 바닷가에서 온몸이 검은색 털로 뒤덮인 행운의 동전을 발견하고는 얼른 주웠다.

"이건 가져갈 수 없어! 아직 살아 있거든."

엄마는 손을 뻗어 최대한 바다 멀리로 던졌다.

"살아 있다고? 그냥 조개껍데기 아니야?"

"아니야, 살아 있는 생물이야. 완전히 살아 있지."

그러고는 내 이마에 가볍게 입을 맞추었다.

"생명은 우리가 상상하지 못한 모습으로 존재할 수도 있어."

그날 우리는 해변을 따라 계속 걸었다.

주방에서 통을 가지고 나왔을 때, 엄마는 더는 깨진 조각을 줍고 있지 않았다. 대신에 온전한 행운의 동전 하나를 마치 달이라도 되는 양 소중히 치켜들고서 유유하게 춤을 추고 있었다.

"아직 행운이 남아 있네?"

"어디서 찾았어?"

"다행히 바닥에 떨어지지 않은 것 같아."

엄마는 행운의 동전들이 깨진 게 우연히 일어난 일이라는 듯, 자신이 저지른 일이 아니라는 듯 아주 무심히 말했다.

"나도 봐도 돼?"

엄마가 손을 뻗어 행운의 동전을 보여 주었다. 행운의 동전이 엄마 손바닥에 납작 엎드려 있었다. 나는 행운의 동전을 집어 드는 대신 내 손을 오목하게 오므려서 엄마 손 위에 겹쳤다. 그리고, 어쩌면 아직 남아 있을지도 모를 아주 작은 행운을 위해 소원을 빌었다.

'부디 엄마가 내 이름을 기억하게 해 주세요.'

그때 현관문이 발칵 열렸다.

"무슨 일이야?"

아빠는 마룻바닥에 흩어져 있는 조각들을 바라보았다. 하지만 발밑에 뭐가 있든 조금도 신경 쓰지 않았다. 돌고래 조각들이 아빠의 발밑에서 무참히 밟혔다. 아빠는 아랑곳하지 않고 소파까지 걸어가 장바구니를 내려놓았다.

"이래서 엄마를 어디 데려갈 수 없다는 거야. 캐시, 지금까지 안 치우고 뭐 한 거니?"

아빠가 짜증 섞인 투로 들릴 듯 말 듯 나직하게 내뱉었다.

"저녁 하기 전에 내가 다 치울게. 걱정하지 마, 아빠."

"됐어."

깨진 조각들을 쓰레받기에 쓸어 담는 아빠의 손이 가늘게 떨렸다. 아빠는 주방 싱크대 쪽에 있는 쓰레기통으로 빠르게 걸어갔다.

"버리지 마, 아빠. 제발."

나는 수납장에서 팝콘을 담을 때 쓰던 그릇을 꺼내어 아빠에게 내밀었다.

"뭐 하려고?"

"쓸데가 있어."

"다 깨져서 쓸모없을 텐데?"

"아니야, 쓸 수 있어. 이거, 돌고래 조각이잖아."

"그래도 부서졌는데……, 어디에 쓰려고?"

"다시 붙일 거야."

나는 쓰레받기 손잡이를 꽉 움켜잡았다. 아빠는 한숨을 푹 내쉬었다.

"캐시, 아무리 네가 마법을 부린 것처럼 잘 붙여 놓아도 엄마는 또 부서뜨릴 거야."

"그럼 또 붙이면 되지."

아빠는 더 이상 나를 말리지 않았다. 아빠가 무슨 말을 하는지 잘 알고 있었다. 아빠도 내 마음을 충분히 이해했기를 바랄 뿐이다.

대충 정리를 마치자 나는 저녁 준비를 하기 시작했다. 냄비에 물을 받고 가스레인지를 켜고 수납장에서 스파게티와 소스 병을 꺼냈다.

"그냥 샌드위치 만들어 먹자. 그게 더 간단할 것 같아."

"아니야, 이미 물 올렸어. 내가 할게."

"그래, 그럼 부탁할게. 고마워."

아빠는 깊은 한숨을 내쉬었다. 아빠가 얼마나 무력감을 느끼는지 누구보다 잘 알았다. 얼마나 지쳐 있는지도.

몇 분 뒤, 보일러 관을 타고 물이 흘러가는 소리가 들렸다. 아빠가 샤워를 하는 중이었다. 나는 식빵을 토스터에 넣었다. 양상추를 꺼내 접시 세 개에 나누어 담고는, 토마토를 씻은 뒤 냉장고에서 랜치 소스를 꺼냈다. 물이 끓기를 기다리는 동안, 돌고래 조각을 담은 그릇을 내 방으로 가지고 갔다. 책상에는 아까 엄마가 찾은 행운의 동전이 놓여 있었다.

내 방에는 푸르른 하늘과 바다, 그리고 잔잔한 수평선이 그려진 포스터가 벽에 붙어 있다. 빛과 어두움이 어우러진 물속에서 여러 종류의 바닷물고기들이 노닐고 있다.

언젠가 내가 집으로 막 돌아왔을 때, 엄마가 내 책상 의자를 딛고 서서 포스터를 붙이고 있던 모습이 문득 떠올랐다.

"네 방에 딱 어울리지? 우리 딸이 바다를 얼마나 좋아하는지 엄마는 잘 알지."

나는 굳이 엄마에게 바다를 무서워한다고 말하지 않았다. 해변에서 행운의 동전을 찾는 것도 좋았고, 수영장에서 신나게 노는 것도 좋았다. 하지만 바다에서 수영만큼은 절대로 하지 않았다. 나는 엄마처럼 용감하지 않으니까.

"엄마는 바다에서 수영할 때 무섭지 않아?"

"수영할 때는 팔과 다리에만 집중해야 해. 이따금 물이 너무 차갑다는 생각이 들 때도 있지만, 그런 생각에 빠져 있다 보면 절대로 완주할 수가 없거든."

엄마는 포스터 아래 모서리에 마지막으로 압정을 꽂고는 나를 돌아보았다.

"바다에서 수영하는 건 아무나 할 수 있는 일이 아니야. 하지만 너도 하고 싶은 날이 언젠가 올 거야. 그때 우리, 같이 수영하자. 엄마가 네 옆에 꼭 붙어 있을게."

엄마가 다가와 내 어깨를 감싸 안았다.

엄마가 아프게 되었을 때, 아빠는 이제부터 우리의 세상을 엄마가 지배하게 될 거라고 말했다. 그 말에 나쁜 뜻은 전혀 없었다. 아빠는 그냥 있는 그대로 덤덤히 말했다. 나도 그 말이 딱히 새삼스럽지 않았다. 엄마는 언제나 내 인생을 지배했으니까.

부서진 돌고래 조각들을 손가락으로 훑다가 지느러미 두 개와 꼬리를 찾았다. 이런 걸 붙이는 데는 목공 풀이 제격이다. 나는 돌고래의 몸통을 하나 꺼낸 뒤, 양쪽 지느러미와 꼬리를 붙여 주었다.

드디어 저녁 식사 시간, 우리는 각자 자리에 앉았다. 엄마 자리는 늘 창문 옆이었다. 그래야 창 너머로 사막과 산을 볼 수 있기 때문이다.

“아주 맛있어, 캐시. 고마워.”

아빠가 말했다. 하지만 엄마는 좀처럼 스파게티를 포크로 집지 못했다. 겨우 집으면 입으로 가져가기도 전에 스파게티 면이 포크에서 미끄러져 버렸다. 어떻게든 면을 포크에 한 가닥 걸어 보려고도 했지만 그것 역시 실패했다. 아빠가 보다 못해 엄마의 스파게티 그릇에서 면을 어떻게 돌돌 마는지 보여 주려 했다. 그런데 엄마가 아빠를 거칠게 밀어냈다.

“그래그래, 안 할게.”

아빠는 기분이 좋지 않아 보였다. 우리는 조용히 스파게티를 먹기 시작했다. 엄마를 의식하지 않으려고 애쓰면서, 엄마가 스파게티를 무사히 입에 넣을 수 있도록 응원하면서.

예전에 등산을 갔을 때, 정상까지 조금 남아 있는 지점에서 엄마가 팔을 번쩍 들며 “우리는 할 수 있다!”라고 외쳤던 그때처럼, 나는 자리에서 일어나 불끈 쥔 주먹을 뻗으며 “엄마는 스파게티를 먹을 수 있어! 할 수 있어, 파이팅!” 하고 외치고 싶었다.

엄마는 스파게티를 집기 위해 애썼지만 손이 떨려서 몹시 힘들어했다. 결국 포크를 바닥에 떨어뜨리고는 체념한 듯 의자에 몸을 기대었다.

“엄마, 크래커 만들어 줄게. 치즈도 올릴 건데, 괜찮지?”

나는 엄마에게 조심스럽게 물었다.

"좋은 생각이야."

아빠는 이렇게 말한 뒤 자리에서 벌떡 일어났다. 그러고는 리츠 크래커 상자를 가지러 수납장으로 향했다. 그때 엄마가 손가락으로 스파게티 면을 집어 들었다. 한 가닥씩 천천히, 엄마는 스파게티 면을 높이 가져다가 입속에 그대로 떨어뜨렸다.

"오, 좋은 방법이네."

나는 치즈 스프레이를 제자리에 다시 두었다. 엄마는 남은 스파게티를 손가락으로 싹싹 긁어 먹었다. 입 주변이 스파게티 소스로 빨개졌다. 엄마는 아빠와 나를 번갈아 쳐다보고는 이렇게 말했다.

"내일은 바다에 가야겠어."

"응, 조만간 가자."

하지만 아빠에게 '조만간'은 '절대로 그럴 일이 없다'와 같은 뜻이었다.

"돌고래랑 수영한 적도 있었는데……."

엄마는 때로 엉뚱한 말을 꺼내곤 했다. 과거와 현재, 엄마의 상상이 한데 섞여 버린 게 분명했다.

"그래, 그랬지."

아빠가 고개를 끄덕여 주었다.

"정말 멋졌어."

엄마의 눈이 어딘가를 향했다. 아빠가 그릇을 개수대로 옮기면서 덧붙였다.

"맞아. 해변에 돌고래 떼가 나타난 거야. 그때 마침 당신이 수영을 하고 있었거든. 어쩌다 보니 돌고래들 한가운데에 있었지 뭐야?"

"한 번 더 그런 일이 일어나면 좋겠어."

엄마는 포크에 묻은 스파게티 소스를 혀로 싹싹 핥으며 대꾸했다.

"엄마, 무섭지는 않았어?"

"응, 소리를 듣고 대번에 돌고래인 줄 알았지. 근데 너무 빨라서 아무리 열심히 헤엄쳐도 도저히 따라잡을 수가 없더라."

엄마는 빈 그릇을 아빠에게 주었다.

"천만다행이지. 안 그랬으면 네 엄마는 계속 따라갔을걸!"

아빠가 웃으며 말했다.

식탁을 모두 치운 후, 나는 방으로 와서 다시 한번 돌고래 조각들을 살폈다. 요즘 나는 온갖 풀에 둘러싸여 있는 꿈을 꾸곤 했다.

풀밭 한가운데에 엄마와 내가 앉아 있다. 나는 엄마의 머리를 열고 뇌를 관찰한다. 면봉에 목공 풀을 묻혀 엄마의 기억들을 서로 이어 붙인다.

나는 침대 옆에 있는 스케치북을 펼치고는 엄마의 얼굴을 자세히 그린 뒤 몸통을 돌고래의 모습으로 마무리했다. 가위로 그림을 오리고, 그림 뒤에 풀을 콩콩 찍고는 책상 위로 올라섰다. 그 그림을 포스터 속 바다에 붙여 주었다. 우리 엄마, 그러니까 얼굴은 엄마인데 몸통은 돌고래인 엄마가 바닷속 생물들 사이에서 수영을 했다.

아, 뭐가 빠졌는데……. 나는 스케치북에 크기가 다른 세 개의 원을 그린 다음, 그 안에 '캐시'라고 적어 넣었다. 그리고 그 원들을 오려서 헨젤이 떨어뜨린 빵 조각처럼 돌고래 엄마 앞에 붙여 주었다. 내 이름이 엄마에게 집으로 돌아가는 길을 알려 줄 수 있도록.

엄마의 버킷 리스트

일요일이면 엄마와 아빠는 아침 시간 대부분을 주방에서 보낸다. 밥을 먹거나, 커피를 마시거나, 신문이나 책을 읽으면서. 그런데 오늘은 웬일인지 조용하다. 식탁 위에선 시럽이 묻은 그릇과 반쯤 남은 커피 잔이 나를 반길 뿐이다. 그릇에 부딪히는 숟가락과 포크 소리 대신 베란다 지붕에 떨어지는 빗소리만 가득하다.

잘 잤니, 캐시? 토스터 안에 보면 커다란 초콜릿 칩 팬케이크 두 장이 들어 있을 거야. 아빠랑 엄마는 산책 좀 다녀올게. 금방 올 거야. 사랑해.

-엄마가

싱크대에 엄마가 붙여 놓은 쪽지가 있었다.

창밖으로 빗방울이 떨어졌다. 어떤 빗방울은 반사되는 빛을 삼키는 것 같았다. 엄마는 비를 아주 좋아했다. 아마도 두 사람은 진자주색 커플 우비를 입고서 우산 없이 걷고 있을 것이다. 엄마는 우산을 들고 다니는 사람들을 이해하지 못했다.

"물론 엄마도 일방적으로 강요하고 싶지는 않아. 너만의 생각을 펼칠 수 있도록, 엄마는 좀 떨어져서 지켜보고 싶거든. 하지만 우산만큼은 예외야. 우산은 정말이지 쓸모없는 물건이지."

우산이 필요하지 않을 수는 있다. 하지만 그건 아주 좋은 우비가 있을 때나 가능한 이야기다. 나는 팬케이크를 꺼내 버터를 바르고 시럽을 뿌렸다. 그 순간 하늘이 번쩍하더니 천둥소리와 함께 비가 거세게 퍼붓기 시작했다.

그리고 얼마 후, 현관문이 열리고 우비를 벗은 아빠가 황급히 집 안으로 들어왔다. 전등이 깜빡거리다가 환하게 켜졌다.

"멋져!"

바깥에서 엄마 목소리가 들려왔다.

"엄마는 더 있다 들어온대?"

"아마도."

"캐시!"

그때 엄마가 나를 불렀다. 나는 현관문 너머로 얼굴을 빠끔 내밀었다. 현관문 옆 난간에 몸을 기대고 있는 엄마가 보였다.

"이리 와. 엄마랑 있자."

저 멀리 구름 사이로 번개가 번쩍거렸다.

"1001, 1002……."

엄마가 숫자를 '1012'까지 셌을 때 또다시 우르릉 쾅쾅, 천둥소리가 났다.

"한 20킬로미터쯤 떨어진 곳에 폭풍 구름이 있을 거야."

엄마는 빗방울이 땅 위로 퐁퐁 떨어지는 것을 물끄러미 내려다보았다.

"있잖아. 엄마가 어렸을 때, 비가 아주 많이 내린 다음 날이면 집 앞에 커다란 물웅덩이가 생기곤 했거든. 거기서 지렁이를 찾곤 했는데……. 가끔은 아주 작은 사람이 되어 그 물웅덩이로 다이빙한 다음, 수영을 하는 상상을 했어."

지금 엄마의 표정은 뭔가를 분석하려는 얼굴이다. 엄마는 회계사다. 주로 숫자와 관련된 정보를 다룬다. 그러니까 계산은 엄마가 세상에서 제일 잘하는 일이다. 아니, 정확히 말하면 엄마가 세상에서 가장 잘하는 일은 계산과 수영이다.

"여태껏 왜 호수에서 수영해 본 적은 없는 거지?"

엄마가 고개를 갸우뚱했다.

"음, 너무 바빠서? 사는 게 다 그렇지, 뭐."

나는 매우 당연한 일이라는 듯이 대답했다. 엄마가 와하하, 웃음을 터뜨렸다.

"우리 딸, 참 사랑스럽다니까."

엄마가 내 이마에 가볍게 입을 맞추었다. 폭풍 구름이 좀 더 멀리 옮겨 간 걸까? 한참이 지나서야 천둥소리가 들렸다. 우리는 아무 소리가 들리지 않을 때까지 그대로 서 있었다.

얼마 후 엄마는 비옷을 벗지 않은 채 집 안으로 들어갔다. 급히 할 일이 떠오른 것처럼 바로 서재로 가더니 문을 쾅 닫았다. 누구든 엄마를 방해하지 말라는 뜻이었다.

나는 거실로 가서 신문을 읽고 있는 아빠 옆에 앉았다.

"아빠, 아까 산책할 때 혹시 엄마가 호수에서 수영한 적이 없다고 이야기했어?"

"뭐, 그런 비슷한 이야기를 하긴 했지. 이번 휴가 때 어디로 갈지 상의했거든. 엄마는 수영하기 좋은 데로 가고 싶대. 바다, 호수, 수영장 같은. 아직 정해진 건 아니고."

아빠는 신문을 무릎에 내려놓았다.

"우리 딸은 어때? 가고 싶은 데 있어?"

"음, 한 번도 안 가 본 곳. 아니면 롤러코스터가 있는 곳."

"그럼 수영도 할 수 있고 롤러코스터도 있는 곳이 좋겠네. 아빠가 둘 다 있는 데를 찾아볼게."

"아빠는?"

"아빠는 아이스크림! 아주 맛있는 아이스크림만 있으면 돼."

나는 탁자에 놓여 있는 스케치북을 펼쳤다. 그러고는 깎아지른 듯한 롤러코스터 트랙과 그 위로 달리는 열차를 그렸다. 열차에는 사람 대신 여러 가지 모양의 아이스크림콘을 태웠다. 아이스크림콘들은 만세를 부르며 하늘 높이 별사탕 팔을 치켜들었다.

바닥에는 조그맣게 진흙탕을 그렸다. 진흙탕 한쪽에서는 무지갯빛 별사탕 팔이 달린 아이스크림콘이 막 다이빙을 하려 하고 있었다. 여백에는 솜사탕과 트윙키, 글레이즈드 도넛, 그리고 푸른 하늘을 그려 넣었다.

"여보."

서재에서 엄마가 나왔다. 엄마는 아빠와 나 사이에 앉으며 탁자에

다 연두색 노트를 툭 던졌다.

"내 버킷 리스트야. 앞으로 십 년 동안 하나씩 할 거야."

엄마는 맨 위에 쓴 '영국 해협에서 수영하기'를 손으로 가리켰다. 그 아래의 체크 상자에는 우리 가족이 각자 해야 할 일이 적혀 있었다.

"이것부터 해 보자. 나한테 다 계획이 있어."

"좋아! 엄마를 도울게."

"나도 좋아."

우리는 서로 다정하게 눈빛을 나누었다.

미리 말하지 못해서 미안해

나는 교실 문밖에 앉아서 방과 후 미술반에서 발표할 내용을 스케치했다. 누군가 다가와 책가방을 교실 벽에 기대어 놓았다. 축구공 패치가 붙어 있는 가방……. 베일리였다.

"안녕."

나는 스케치를 계속하며 무심히 인사했다.

"안녕."

베일리도 인사를 건넸다.

"너는 스케치 다 끝냈어?"

"아니, 아직 구상 중이야."

"참, 할머니는 잘 지내시지? 안부 좀 전해 줘."

"알았어."

베일리는 복도에 있는 5학년용 카트 쪽으로 걸어가더니 다시 내가 있는 쪽으로 돌아왔다.

"그렇게 궁금하면 직접 안부를 여쭙는 게 어때?"

나는 아무 대답도 하지 않은 채 창문 너머 운동장을 바라보았다. 철봉에 아이들 셋이 거꾸로 매달려 있었다. 그 옆에 서 있던 아이가 라이스 크리스피 바를 입에 쑤셔 넣더니, 봉지를 아무렇게나 던져 버리고는 농구장으로 달려갔다. 다른 쪽에서는 한 무리의 아이들이 땅따먹기를 시작했다.

"캐시, 엄마 일은 정말 안됐어. 진심이야. 그런데 언제……."

베일리는 말을 다 잇지 못하고 고개를 세차게 흔들었다.

"아니다, 그만 갈게."

'그런데 언제'라니…….

그런데 언제까지 쉬는 시간에 혼자 있을 거냐고?

그런데 언제부터 다시 축구를 같이 할 수 있는 거냐고?

그런데 언제쯤 우리 우정이 원래대로 돌아갈 수 있는 거냐고?

1교시는 수학 시간이었다.

"자, 오늘은 둘씩 짝을 지을 거야. 짝은 선생님이 정할게요."

혼자서 하면 훨씬 더 빨리 풀 수 있는데……. 지 선생님은 통에서 나무 막대를 하나씩 뽑으며 차례로 이름을 불렀다.

"개빈과 엠마, 조나단과 셀리나, 조셉과 에바, 캐시와……."

선생님이 고개를 반짝 들었다. 션이 손을 들고 있었다.

"질문 있니?"

"모둠 책상을 사용해도 되나요?"

"물론이지. 하지만 네 명까지만이야. 알았지?"

선생님은 다시 이름을 부르기 시작했다.

"캐시와 베일리."

나는 고개를 들지 않았다. 베일리도 마찬가지였을 것이다.

이름이 불린 아이들은 자기 짝과 모여 앉았다. 나와 베일리만 빼고. 우리 중 누구도 먼저 일어나지 않았다.

그 틈에 재빨리 수학 문제를 풀었다. 짝과 함께 풀지 않아도 잘할 수 있다는 걸 증명해 보이기라도 하려는 듯이. 1장에 있는 문제를 금세 풀고 2장에 있는 문제도 네 개나 풀었다.

그때 선생님이 내 자리로 다가와 섰다.

"캐시는 혼자 하기로 한 거니?"

"네, 선생님……."

마땅히 더 할 말이 없었다.

"베일리랑 짝이지? 둘 중 한 명이 옆으로 가서 같이 풀어 보는 게 어때?"

나는 베일리 쪽을 돌아보았다. 베일리는 수학 책을 펴 놓은 채 턱을 괴고 있었다. 연필을 손에 들고 있었지만 문제를 푸는 것 같지는 않았다. 베일리가 먼저 움직이기를 기다렸다. 하지만 그저 구부정하게 앉아 있을 뿐 자리에서 꿈쩍도 하지 않았다. 베일리도 분명 선생님 말씀을 들었을 텐데.

나는 마지못해 자리에서 일어났다. 그러고는 교실 바닥에서 문제를 푸는 아이들을 지나 베일리에게로 다가갔다.

베일리는 수학 책의 여백에 자기가 제일 좋아하는 늑대 캐릭터를 그리고 있었다.

"몇 번 푸는 중이야?"

"나? 1번. 그리고 우리 할머니는 잘 계셔."

베일리는 문제를 함께 풀기 싫다는 듯 수학 책을 책상 끝으로 쭉 밀었다.

"선생님이 같이 풀라고 하셨어."

"같이 하는 척하면 되잖아. 아까처럼 그냥 너 혼자 풀어. 그게 낫지 않아?"

베일리에게 우리 엄마가 많이 아프다고 말하고 싶었다. 나는 요즘 끝없는 망망대해에서 수영하는 기분이라고, 아주 깊고 넓은 미지의 공간이 나를 끝없이 에워싸고 있는 것만 같다고, 엄마가 아프다는 생각이 머리에서 잠시도 떠나지 않는다고…….

그 좋아하는 수학 문제를 풀 때조차도 예외는 아니었다. 숫자를 작은 조각으로 나누면 나눌수록 행운의 동전이, 유리 돌고래가, 내 이름의 철자가 어지럽게 머릿속을 둥둥 떠다녔다. 이 모든 이야기를 베일리에게 다 하고 싶었다.

첫 번째 페이지를 풀고 나서 다음 장으로 넘겼다. 선생님이 우리 옆으로 다가왔다.

"잘되고 있니?"

"네."

베일리와 나는 동시에 대답했다. 선생님은 곧 다른 쪽으로 갔다. 나는 베일리 쪽으로 몸을 기대며 작은 소리로 물었다.

"진짜 잘되고 있는 거 맞아? 조금이라도 같이 하는 게 어때?"

"늦었어, 이미."

베일리는 연필 끝으로 교탁 위의 종에 손을 올리고 있는 선생님을 가리켰다.

"자, 여러분! 이제 자기 자리로 돌아가도록 해요."

나는 연필과 수학 책을 집어 들었다. 선생님이 통에서 나무 막대를 뽑았다.

"개빈, 1번 문제 풀어 볼래?"

나는 베일리를 흘깃 보았다.

우리 엄마와 아빠, 그리고 베일리의 할머니가 처음 만난 건 초등학교 2학년 때 오픈 하우스 날이었다. 어른들은 푸드 트럭에서 파는 피자를 나누어 먹었고, 베일리와 나는 운동장에서 축구를 했다.

집으로 돌아오는 길에 엄마랑 아빠가 작은 소리로 나누는 이야기를 들었다. 차 안에서 울리는 라디오 음악 때문에 정확하게 듣지는 못했지만, 베일리 엄마가 아파서 지금 베일리는 언니와 함께 할머니네 집에서 살고 있다는 것이었다.

나는 궁금한 게 많았지만, 베일리가 스스로 말할 때까지 기다렸다. 언젠가 자기 이야기를 한 적이 있기는 했다. 스치듯 딱 한

번, 그것도 자세히는 아니었다.

축구 시합을 할 때였는데, 베일리가 미드필드에서 골을 넣어 득점을 하고서 친구들과 하이파이브를 했다. 그러고는 다 같이 축구장의 사이드라인을 달렸다. 그때 베일리는 혼잣말처럼 이렇게 중얼거렸다.

"엄마가 지금 내 모습을 본다면 얼마나 좋을까!"

이제는 내가 그런 생각을 하고 있다. 수학 시간에 내가 문제를 얼마나 잘 푸는지 엄마가 본다면 정말 좋겠다고. 엄마는 더 이상 예전의 엄마가 아니었다.

"잘했어, 개빈."

선생님이 말했다. 문제 푸는 과정을 보지는 못했지만, 내 답과 맞추어 보니 제대로 푼 게 맞았다. 선생님은 다시 나무 막대를 뽑았다.

"2번 문제는 베일리."

선생님이 베일리를 불렀다. 하지만 베일리는 수학 책만 내려다보고 있었다. 순식간에 교실이 조용해졌다. 선생님은 베일리가 생각을 정리할 수 있도록 조금 더 기다려 주었다. 아이들은 베일리를 바라보며 묵묵히 기다렸다.

벽시계가 9시 30분을 가리켰다. 수업종이 울릴 때까지 아직 십오 분이나 남아 있었다. 잠시 후 베일리가 입을 열었다.

"잘 모르겠어요. 못 풀었어요."

"음, 그래? 그럼 캐시가 풀어 볼래?"

선생님이 나를 바라보았다. 나도 그 문제를 못 푼 척해야 할까? "잘 모르겠어요."라고 베일리가 한 말을 속으로 가만히 읊조려 보았다. 하지만 나는 답을 알고 있었다. 수학 책을 프로젝터 아래에 넣어 풀이 과정을 공유했다.

"3.28은 $\frac{32}{10}$와 $\frac{8}{100}$이에요. 이 둘을 더한 다음에 4로 약분하면 $\frac{82}{100}$, 그러니까 0.82예요."

"잘했어, 캐시."

선생님이 나에게 다가와 나지막이 속삭였다.

"다음에는 베일리와 함께 풀어 보는 게 좋겠구나."

나는 고개를 끄덕였다.

드디어 쉬는 시간이 되었다. 나는 여느 때처럼 벤치에 앉아 타키 봉지를 연 다음 스케치북을 펼쳤다. 막 그림을 그리려는데, 빨간색 테니스 슈즈가 다가왔다. 베일리가 보라색 타키 봉지에서 매운 라임 맛 타키를 꺼내 먹으며 내 앞에 섰다.

"아까 정말 당황스럽더라."

"미안."

언젠가부터 베일리랑 어울려 다니는 네이던과 마리사, 다이애나가 불과 몇 미터 떨어진 나무 옆에서 이쪽을 바라보고 있었다. 마치 베일리를 보호라도 하는 것처럼.

"아니야. 내 실수지, 뭐. 이제 넌 혼자가 더 좋다는 걸 알고 있었으면서도 말이지."

엄마가 아프고 나서 베일리는 매일 전화를 해 왔다. 하루에도 몇 번씩, 아침저녁으로. 하지만 나는 베일리의 전화를 받지도, 베일리에게 전화를 걸지도 않았다.

"미안……."

나는 '그때 그 일까지 모두 미안해.'라고 미처 말하지 못했다.

"맨날 넌 미안하다고만 하지?"

"아니야, 진심이야."

이걸로는 충분하지 않다는 걸 나도 알고 있었다. 그리고 오늘 수학 시간에 대한 사과로만 들릴 거라는 것도.

"베일리!"

다이애나가 축구공을 차며 큰 소리로 불렀다. 베일리는 아이들과 함께 축구장으로 달려갔다.

베일리를 밀어낼 생각은 없었다. 그냥 그렇게 흘러갔을 뿐이다. 엄마 말고는 다른 걸 생각할 여유가 없었으니까. 자전거를 타고 축구를 하던 우리 둘만의 여유로운 토요일은 이제 꿈도 꿀 수 없게 되었다.

나는 바다 한가운데에 축구공을 그리고는 바다 위로 뻗어 나가는 다리를 여덟 개나 그려 넣었다. 어둠이 내린 하늘과 수평선을 그린 다음, 따뜻한 색을 골라 바탕을 천천히 칠했다. 그리고 마지막에는 태양을 그렸다. 베일리의 테니스 슈즈와 같은 빨간색으로.

한낮의 산책

토요일 아침, 나는 시나몬을 뿌린 토스트를 먹고 엄마는 창가 옆 의자에 앉아 커피를 마셨다. 오늘은 하늘이 하도 흐려서 산이 전혀 보이지 않았다. 그래도 산쑥을 비롯한 야생 식물들을 보듬은 채 산은 본연의 짙은 색과 내음을 뽐내며 그 자리에 그대로 있겠지.

아빠는 주말에도 가끔 회사에 나갔다. 오늘이 그런 날이었다. 아빠는 커피를 잔에 따른 후 엄마 볼에 살짝 입을 맞추었다.

"엄마랑 자전거 타러 가도 돼?"

나는 아빠에게 슬쩍 물었다.

"엄마는 이제 자전거를 못 탈 거야. 아니, 어떻게 해서 탄다고 해도 막상 달려 나가기 시작하면 멈출 수가 없을걸."

"내 뒷자리에 엄마를 태우는 건?"

"다른 걸 하는 게 어때? 집에서 그림을 그리든지. 작년처럼 엄마가 모델을 해도 좋을 것 같은데."

아빠는 커피 잔을 헹구고 점심 도시락을 집어 들었다.

"2시쯤 올 거야."

"그럼 산책은 돼? 멀리 안 나갈게. 저번에도 괜찮았잖아."

나는 얼른 되물었다.

"그러다 엄마가 어딘가에 앉아서 꿈쩍도 안 하면?"

아빠는 엄마랑 바깥에 나가려는 생각을 아예 접게 만들려는 듯했다.

"엄마 옆에 앉아서 가만히 기다리면 되지."

"만약 엄마가……."

"아빠! 어디로 갈 건지 정확하게 알려 줄게. 그리고 집에 돌아와서 전화할게."

아빠는 잠깐 멈칫하더니, 이내 열쇠 걸이에서 자동차 키를 꺼냈다.

"딱 한 시간만이야. 알았지?"

"아마 그 전에 올걸."

"조심하고."

"응, 아빠."

나는 '너무 걱정하지 마!' 하고 마음속으로 외쳤다.

겉옷을 입은 다음 스케치북을 집어 들었다. 길을 나서기 전에 엄마에게도 점퍼를 걸쳐 주었다.

"나, 이거 안 입을래."

"이따 더우면 벗어도 돼, 엄마."

"싫다고."

엄마는 끝내 점퍼를 밀어냈다. 그래, 그럼 안 입으면 되지.

엄마와 나는 나란히 걸었다. 엄마는 집에서처럼 발을 질질 끌지 않고 저 멀리 하늘을 바라보며 걸었다. 흐린 하늘에 흰색과 회색 구름이 잔뜩 깔렸다. 그 사이에는 엄마가 수백 번은 더 올랐을 산꼭대기가 빼꼼히 솟아 있었다.

우리는 길이 끝나고 사막이 시작되는 지점에서 걸음을 멈추었다. 나는 산쑥 덤불 속에 숨겨 둔 접이식 캠핑용 의자를 꺼냈다. 내가 의자를 펴는 동안에도 엄마는 계속 걸어갔다. 아빠가 봤다면 엄마부터 챙기라고 소리쳤을 것이다.

'괜찮아, 아빠. 나랑 같이 있으니까 엄마는 괜찮을 거야.'

엄마는 구름을 향해 손을 쭉 뻗었다. 구름도, 산도 실제보다 가까이 있는 것처럼 보여서 금방이라도 만질 수 있을 것만 같았다. 이 광활한 공간, 레드 더트 협곡에서는 그랬다. 하늘이 바로 우리 눈앞에 있는 듯이 느껴졌다. 나는 엄마 팔꿈치를 부드럽게 쓰다듬었다.

"엄마, 우리 이제 의자에 앉자."

"싫어."

엄마는 아랑곳하지 않고 계속 걸었다.

“저게 바로 협곡이구나!”

엄마는 마치 처음 보는 것처럼 감탄하는 눈치였다. 이곳에 대해서도 다 잊어버린 게 분명했다. 엄마는 걱정스러워하는 나를 바라보며 말했다.

“더 멀리 가지 않을 거야. 괜찮아.”

나는 엄마랑 꼭 붙어 섰다. 엄마는 신발을 벗더니 나에게 따라오라고 손짓했다. 나도 신발을 벗고 부지런히 앞으로 갔다. 양말 속 발가락이 간질간질하게 느껴졌다.

들리는 건 바람 소리뿐이었다. 엄마는 갑자기 풀밭에 자리를 잡고 드러누웠다.

“어차피 아빠는 집에 없잖아. 그러니까 걱정 안 해도 돼. 너도 누워 봐. 아주 좋아.”

“그래?”

엄마 곁에 나도 나란히 누웠다. 두 눈을 감으니, 구름이 지나가는 듯 빛과 그림자가 교대로 스쳤다.

“엄마 눈에는 뭐가 보여?”

지금 보는 것과 예전에 보던 것이 엄마에게는 얼마나 다를지 궁금했다. 예전의 엄마라면 연으로 가득 찬 하늘과 해변, 그리고 주차장에서 신디 로퍼처럼 신나게 춤을 추던 우리가 보인다고 할 텐데…….

“아무것도 안 보여. 그냥 바람 소리를 듣고 있어. 너는 뭐가 보여?”

"음, 보이지 않는 것들에 대해 생각해 보고 있어."

"어떤 거?"

"학교랑 아빠, 그리고 엄마."

"너무 많이 생각하지 마. 아름다운 협곡에 이만큼이나 가까이 다가올 수 있는 것도 흔한 일은 아니잖아."

"응. 꼭 지구 끝에 와 있는 것 같아, 엄마."

"그러게. 정말 좋다."

"바다보다 더?"

"거의 바다만큼."

나는 엄마 팔을 잡아당겼다. 지금, 여기에 있는 엄마를 확인하기 위해. 엄마는 내가 끄는 대로 가만히 있었다. 나는 엄마가 무슨 말이라도 더 해 주기를 기다렸다. 혹시나 내 이름을 불러 주지 않을까, 기대하면서.

엄마는 내 눈을 몇 초간 바라보더니 어깨 너머 산으로 시선을 돌렸다. 그러고는 내 손에 깍지를 끼었다.

"사랑해……."

엄마가 무언가를 더 말하기 위해 애썼다.

"나도, 엄마."

잠시 후 나는 마치 내 이름을 들은 것처럼 대답해 주었다.

엄마가 신디 로퍼의 〈여자들은 단지 즐겁게 살고 싶어〉를 흥얼거리기 시작했다. 협곡 사이에서 불어오는 바람 소리보다 훨씬 더 듣기가 좋았다. 지구 끝에 있다고 느끼는 것보다 훨씬 더 기분이 좋았다.

나는 엄마가 제일 좋아하는 노래를 들으며 스르르 잠에 빠지고 말았다.

바람이 매우 강했다. 눈을 떴을 때는 발등에 모래바람이 일었다. 주위를 휘둘러보았다. 엄마가 없었다.

“엄마!”

얕은 발자국이 협곡의 반대 방향으로 나 있었다.

다행히 저 멀리에서 엄마가 보였다. 그제야 나는 안도의 한숨을 쉬었다. 엄마는 내가 펼쳐 놓은 캠핑 의자에 앉아 있었다. 엄마가 나를 향해 손을 흔들었다.

오늘 일은 아빠가 절대로 알아서는 안 된다. 혹시라도 알게 된다면 나는 끝도 없는 ‘만약’의 감옥에 갇힐지도 모른다. “만약 엄마가 협곡 끝에서 떨어지기라도 했으면”, “만약 엄마가 사라져서 경찰에 실종 신고를 해야 했다면” 같은 말들 말이다.

아차, 아빠에게 전화하기로 했지? 나는 뒷주머니에서 휴대폰을 꺼냈다. 엄마가 아프고 난 후 아빠가 사 주었다. 부재중 전화가 세 통이나 와 있었다. 처음 전화가 온 게 사십오 분 전이었다. 음성 메시지는 일부러 듣지 않았다. 어차피 신호도 약한데, 뭘. 얼른 집으로 가서 전화해야겠다고 생각하면서 엄마 신발을 챙겼다.

우리가 집에 도착했을 때 아빠는 현관 계단에 나와 있었다. 기분이 좋지 않아 보였다.

"어디 갔다 오는 거야?"

"산책 간다고 했잖아. 아빠, 회사에 안 갔어?"

"네가 전화를 안 받으니까."

"아, 나중에 봤어."

나는 차마 협곡에 다녀왔다고 말할 수가 없었다.

엄마가 나를 지나쳐 걸어갔다. 엄마의 스웨터와 바짓단에 붉은 흙이 잔뜩 묻어 있었다. 엄마 옷을 털어 준다는 걸 깜박했다.

"그래서 집에 다시 온 거야?"

"캐시, 아빠가 전화하면 무조건 받아야 한다는 걸 몰라?"

아빠는 아무렇지 않은 척했지만 목소리가 파르르 떨렸다.

"전화하려고 했는데……."

나는 엄마 등에서 모래를 털어 냈다. 그러자 엄마가 나를 가볍게 밀쳤다. 털어 주는 게 싫은 모양이었다.

"뭐 해, 캐시?"

"엄마 등에 흙이 좀 묻어서."

아빠가 다가와 엄마를 살폈다.

"이게 어디 조금이야? 무슨 일이 있었던 거야? 뒤로 넘어지기라도 한 거야?"

"아니, 그런 거 아니야. 엄마가 바닥에 눕고 싶어 해서."

"왜?"

"그냥 그렇게 하고 싶어 했어. 잘 알잖아."

아빠는 엄마 바지에 묻은 흙을 털어 내며 말했다.

"내가 말했지……."

"아빠! 아무도 다치지 않았어."

"다음부터는 절대로 엄마를 그렇게 두면 안 돼. 알았니?"

"왜 안 돼? 엄마도 행복했고 나도 행복했단 말이야. 정말로 즐거웠다고!"

아빠에게 대들 생각은 없었다. 그저 내 마음을 알아주기만 바랐다.

"무조건! 다시는! 이런 일이 생기지 않도록 해."

아빠가 엄마를 데리고 집 안으로 들어가며 물었다.

"여보, 어디에 갔다 온 거야?"

"바람 소리를 들으러 갔다 왔지."

"어디서 들었는데?"

'제발 협곡에 다녀왔다고만 하지 마, 엄마.'

나는 바짝 긴장했다. 다행히 엄마의 대답은 모호했다.

"내가 진짜 듣고 싶은 소리가 뭔 줄 알아? 바다에서 나는 돌고래 소리야."

엄마는 나를 흘깃 뒤돌아보고는 손을 흔들었다.

맞다, 엄마의 버킷 리스트! 나는 집 안에 들어오자마자 엄마의 서재로 직행했다. 그날 엄마가 연두색 노트를 보여 주었는데…….

첫 번째 서랍에는 연필과 볼펜, 스테이플러로 가득 차 있었다. 중간 서랍에는 종이만 가득했다. 종이 더미를 헤집어 보았지만 연두색 비슷한 건 보이지 않았다.

참, 안방 침대 옆 협탁도 엄마가 쓰고 있지! 나는 살금살금 안방으로 가서 협탁 서랍을 열었다. 엄마의 노트는 제일 위 칸에 있었다. 그리고 첫 번째 페이지에 바로 버킷 리스트가 보였다.

1. 영국 해협에서 수영하기
2. 돌고래들과 함께 수영하기
3. 마추픽추에 가기
4. 캐시랑 루브르 박물관에 가기
5. 오로라 보러 가기

죄다 비행기를 타야 해서 돈이 무척 많이 드는 것이었다. 마침 나는 산타페에 있는 조지아 오키프 박물관에 가기 위해 돈을 모으는 중이지만, 페루나 프랑스까지 가기에는 편도 탑승권 값도 되지 않을 게 뻔했다.

게다가 오로라를 보려면 엄마가 알래스카나 그린란드, 혹은 아이슬란드 같은 곳에 가야 하는데……. 역시나 너무 멀었다.

하지만 돌고래들과 함께 수영하기는, 어쩌면 가능할지도 모르겠다.

도와주려던 것뿐인데

교실에 들어가자마자 크롬북을 집어 들었다. 그리고 온라인 독해력 시험을 준비하는 것처럼 책상 위에 책을 올려놓았다. 조회 시간까지 나는 '애리조나 근처에 돌고래와 함께 수영할 수 있는 곳'을 검색했다.

지 선생님이 나를 지나쳐 교실 앞으로 걸어갔다. 나는 크롬북을 얼른 닫았다.

"안녕! 자, 수학 책과 수학 익힘 책을 모두 꺼내세요."

내가 선생님을 좋아하는 이유는 셀 수 없이 많다. 그중에서도 가장 큰 이유는 역시 수학을 좋아하기 때문이다.

"오늘도 소수와 나눗셈에 대해 배워 볼 거야. 선생님이 소수와 나눗셈을 얼마나 좋아하는지 우리 반 아이들이라면 모두 알고 있지?”

선생님은 손뼉을 짝짝 치고는 양손을 모았다. 왠지 기대감으로 가득 찬 표정이었다.

“자, 일단 자릿수 익힘표를 볼까? 지금부터 아주 멋진 마술을 보여 줄 거야. 지난 시간에도 이야기했지만 소수가 진짜로 놀라운 건 아주 작은 수, 그러니까 정말 작은 미세한 수로 쪼개질 수 있다는 사실이었지?”

선생님은 칠판에 ‘0.000000000001’을 적었다.

“점 뒤에 0을 이보다 더 많이 적을 수도 있어. 어떤 수는 무리수라고 불리기도 해. 예를 들면 2를 3으로 나눈다고 했을 때 그 값은 0.6666666…… 이렇게 끝도 없이 계속되거든. 어떤 숫자가 무한히 계속된다니, 무척 놀랍지 않아?”

선생님은 마술사의 지팡이처럼 펜을 치켜들었다. 그때 헨리가 손을 번쩍 들었다.

“선생님, 근데 무리가 뭐예요?”

나는 그 말이 보통 어떨 때 쓰이는지 잘 안다. 엄마가 처음 진단을 받았을 때, 의사 선생님이 어쩌면 엄마가 ‘무리’한 행동을 할 수도 있다고 말했다. 이번에는 내가 손을 들었다.

“그래, 캐시가 대답해 볼래?”

“무리라는 건 규칙을 따르지 않는 걸 말해요.”

만약 내가 ‘기억’을 아주아주 작은 이미지로 분해할 수 있다면, 그 아주아주 작은 조각이 엄마의 머릿속 세포에 있는 아주

아주 작은 틈으로 들어갈 수 있지 않을까. 그러면 최소한 엄마가 아주아주 작은 일부라도 기억할 수 있을 텐데. 엄마가 나에게 첫 자전거를 사 주었던 지난 크리스마스를 모두 기억할 수는 없지만, 그때 산 자전거가 파란색이라는 것 정도는 기억할 수도 있지 않을까.

필수 문제와 예제까지 풀자 이제 종합 문제를 풀 차례가 되었다. 선생님은 짝을 정해서 풀어도 좋고, 혼자 풀어도 좋다고 했다. 교실 저쪽에서 베일리가 벌떡 일어나더니 엠마 옆으로 가서 앉았다.

나는 혼자 풀었다. 종합 문제를 다 푸는 데는 그리 오래 걸리지 않았다. 과제를 다 하면 복습을 하는 게 원칙인지라, 나는 크롬북을 꺼내 복습 링크를 클릭했다. 그러고는 검색창에 '남캘리포니아에서 돌고래와 함께 수영하기'를 입력한 뒤 엔터 키를 눌렀다.

그때 교탁 종이 뎅, 울렸다.

"십 분 남았어."

가장 가까운 곳은 샌디에이고였다. 여기서 차로 세 시간 정도 걸렸다. 그리 멀지 않아서 당장 주말에라도 다녀올 수 있는 거리였다. 엄마가 '무리'하게 군다고 해도 충분히 움직일 수 있을 듯했다.

곧바로 '캘리포니아 샌디에이고행 버스 시간표'를 입력했다. 방법은 많았다. 하지만 가장 큰 문제는 따로 있었다. 아빠가 허락하지 않는다면 어떻게 엄마를 데리고 버스 터미널까지 가느냐 하는 것이었다. 수많은 출발 시각과 도착 시각을 보고 있자니, 자꾸만 마음이 초조해지기 시작했다.

선생님이 나무 막대 통을 집어 들었다. 나는 크롬북을 잽싸게 닫았다.

"베일리구나. 1번 문제 풀이 좀 해 볼래?"

지난번처럼 교실이 순식간에 조용해졌다. 베일리는 또다시 의자에 몸을 깊숙이 파묻고는 비스듬히 기대었다. 아이들이 쳐다보든 말든 그저 버틸 작정인 것 같았다. 오늘따라 선생님은 유독 오래 기다려 주었다. 베일리의 표정을 보니 답을 모르는 게 분명했다. 나는 베일리를 도와야겠다고 생각했다. 아무래도 빚진 게 많으니까.

"1번 문제는 32를 196으로 나누는 거예요. 32가 나누어지는 수가 되는 거죠. 그러니까 구하려는 값은 바로 이거예요."

나는 프로젝터에 답을 띄웠다. 잠깐이라도 중간에 멈추면 선생님이 내 차례가 아니라고 할 것만 같아서 짐짓 쉬지 않고 말했다. 잠시 후 풀이가 다 끝났지만 교실은 여전히 조용했다. 베일리는 책상 안으로 몸을 더욱 깊숙이 밀어 넣었다.

"좋아, 캐시. 하지만 다음부터는 손을 들고 말하도록 하자."

선생님이 시계를 보았다.

"자, 나머지는 다음 시간에 할까?"

내가 책가방에서 간식을 꺼내는 동안, 베일리는 자기 책상에서 꼼짝도 하지 않은 채 매서운 눈초리로 나를 노려보았다. 교실 밖으로 나가 벤치에 앉자마자 베일리가 내 앞으로 와서 우뚝 멈춰 섰다.

"도와줄 필요 없어. 앞으로는 제발 그러지 좀 말아 줄래?"

나도 이제 베일리를 돕고 싶지 않았다, 전혀. 베일리는 축구장으로 냅다 달려갔다.

"다시는 안 도와줄 거야!"

나는 있는 힘껏 소리를 질렀다.

"바라던 바야!"

베일리도 맞받아 소리쳤다.

베일리는 공을 드리블하면서 축구 경기에 끼기 위해 줄을 섰다. 나도 그리로 가서 줄을 섰다. 그러자 베일리가 모두에게 다 들릴 만큼 큰 소리로 물었다.

"너도 하려고?"

"당연하지!"

"실력이 뻔한데?"

"과연 그럴까?"

베일리와 나는 다른 편이 되었다.

경기가 시작되고 얼마 되지 않아, 베일리가 공을 차지했다. 나는 베일리가 공을 패스하지 못하도록 밀착 수비를 했다. 내 눈은 오로지 베일리 발에만 집중했다. 그런데 공을 뺏기 위해 발을 뻗었다가 실수로 베일리를 넘어뜨렸다.

그 틈에 베일리가 찬 공이 우리 팀 진영으로 굴러갔다. 나는 잽싸게 달려가 우리 팀이 패스한 공을 정확히 받았다. 그리고 페널티 에어리어로 들어가면서 인스텝 킥을 준비했다. 그 순간 베일리가 내 어깨를 툭 치면서 둘의 발이 그만 엉키고 말았다. 우리는 서로 공을 가지기 위해 치열하게 다투었다.

결국 베일리가 공을 차지했다. 나는 베일리를 곧바로 뒤쫓았다. 상대 팀 아이가 손을 흔들며 외쳤다.

"여기야! 수비 없어!"

하지만 베일리는 패스하지 않고 계속 드리블을 해서 달려갔다. 그러고는 골대로 슛을 날렸지만 내가 재빠르게 막아 냈다. 우리는 다시 공을 향해 달렸다.

이윽고 수업 시작종이 울렸다. 모두 교실로 돌아갔지만 베일리와 나는 경기를 멈추지 않았다. 내가 공을 잡자마자 베일리가 다시 빼앗았다.

그때 호루라기 소리가 들렸다.

"얘들아! 종 쳤어! 어서 교실로 들어가!"

셸리 선생님이었다.

"경기를 끝내야 한다고요!"

베일리가 소리쳤다.

우리는 계속 달렸다. 다시 베일리와 축구를 하다 보니 괜스레 기분이 좋았다. 공을 따라 힘껏 달려서 그런지 스트레스가 날아가는 것 같기도 했다.

셸리 선생님의 무전기에서 칙칙 소리가 났다. 골대 옆에는 존스 교감 선생님이 팔짱을 낀 채 서 있었다. '벌 받을 준비는 되어 있겠지?' 하는 표정이었다.

우리는 그 후로도 한참 동안 공만 쫓아다녔다.

슬픔에 지배당하지 않기

집으로 돌아가는 길에 아빠는 아무 말도 하지 않았다. 내가 먼저 말을 꺼내기를 기다리는 걸까. 아니면 요즘 내 문제 따위는 안중에도 없는 걸까.

"아빠, 내일 쉬는 시간에는 밖에 못 나간대."

"왜? 무슨 일 있었어?"

아빠가 룸미러로 나를 보았다.

"교감 선생님 전화 받지 않았어?"

"받았지."

"그럼 무슨 일이 있었는지 알겠네."

아빠는 고개를 끄덕였다.

"그래도 너한테 듣고 싶어서."

"베일리랑 축구를 했어. 경기를 끝내고 싶었고. 오랜만에 하니까 기분이 매우 좋았어. 여하튼 앞으로는 그런 일 없도록 조심할게."

"그러고 보니 베일리를 못 본 지 좀 됐네. 잘 지낸대?"

"그런 것 같아."

나는 어깨를 으쓱하며 창밖으로 눈을 돌렸다. 아빠는 무슨 말을 더 하고 싶은 것 같았다. 하지만 더 이상 입을 열지 않았다.

집에 도착했을 때, 어디선가 똑똑 노크하는 소리가 들렸다.

"킴벌리, 제발 문 좀 열어 봐요."

콜린스 아주머니의 목소리였다. 우리는 그 자리에 얼어붙었다. 아주머니는 우리가 온 줄도 모르고 거실을 지나 주방으로 달려갔다. 싱크대 서랍을 여는가 싶더니 숟가락과 포크, 나이프 같은 게 덜그럭거리는 소리가 들려왔다.

아주머니는 주방에서 나와 곧장 복도를 가로질러 갔다. 스크루드라이버로 방문을 열려는 것 같았다.

아빠는 도시락과 코트를 내던지고 곧바로 그쪽으로 달려갔다.

"무슨 일이에요?"

"킴벌리가 욕실 문을 잠그고는 열어 줄 생각을 안 하네요. 아까 목욕한다고 들어갔는데……."

"이리 줘 보세요."

아빠가 욕실 문의 손잡이를 힘겹게 땄다.

"여보……."

엄마는 욕조 안에서 다리를 세운 채 한쪽 뺨을 무릎에 대고 앉아 있었다. 아빠가 수건을 집어 들며 말했다.

"이제 나가자."

"여기 더 있을 거야."

엄마는 꿈쩍도 하지 않았다. 아빠는 욕조 물에 손을 담갔다.

"물이 차가워."

"여기 더 있을 거야."

나는 아빠가 이 상황을 어서 해결해 주기를 바랐다. 늘 그랬으니까. 물건을 고치거나 정리하는 건 늘 아빠 몫이었다. 아빠는 언제나 엄마를 설득해 냈다. 오늘은 아닌 것 같았다.

"콜린스 아주머니, 감사합니다. 퇴근하셔도 좋아요. 캐시, 우리가 여기서 엄마랑 있어 주자. 괜찮지?"

아빠가 아주머니와 나를 올려다보며 말했다.

"엄마, 추울 것 같은데. 그냥 아빠가 안아 올리면 안 돼?"

아빠는 두 손으로 얼굴을 가리고 있었다. ……울고 있었다.

"아빠, 나도 도울게."

나는 아빠에게 생각할 시간을 주고 싶었다. 얼마 후 아빠가 말했다.

"괜찮아지겠지?"

"응, 괜찮아질 거야."

지금 무슨 말을 더 할 수 있을까. 아빠는 내 어깨를 토닥이고는 엄마에게로 몸을 돌렸다.

"여보, 일어설 수 있겠어?"

다시 원래의 아빠로 돌아왔다. 하지만 엄마는 여전히 꿈쩍도 하지 않았다.

"욕조에서 나올 수 있도록 도와줄게. 몸이 점점 더 차가워져서 안 돼."

아빠가 엄마의 양쪽 겨드랑이에 팔을 넣었다. 아빠가 끙 소리를 내며 엄마를 일으켜 세우자 그 서슬에 물이 사방으로 튀었다. 혹시 찬물에서 얼마나 견딜 수 있는지 알아보려고 엄마가 꿋꿋이 버텼던 걸까.

언젠가 엄마는 이런 말을 한 적이 있었다.

"영국 해협의 수온은 대략 14도에서 16도래. 물론 계절에 따라 다르겠지만. 여하튼 몸이 먼저 온도에 익숙해져야지. 해류에도 신경 쓸 필요가 있어. 물살이 아주 세기 때문에 코스를 벗어날 수 있거든. 몇 시간을 수영해도 제자리일 수도 있고. 이래서 영국 해협을 건너는 게 어렵다는 거야."

나는 엄마에게 손을 내밀었다. 아빠가 엄마 몸에 수건을 둘러 주고는 뺨에다 입을 맞추었다. 아빠 눈에 눈물이 고였다.

나는 울고 싶지 않았다. 슬픈 생각도 이제 지긋지긋했다. 엄마가 사라지고 있는 것에 대해 더는 생각하고 싶지 않았다.

엄마는 언제나 감정이 행동을 지배하지 않도록 조심해야 한다고 했다. 당연히 슬플 수 있지만, 그래도 삶은 앞으로 나아가야 한다고. 마치 우리 교실에 걸려 있는 알베르트 아인슈타인의 명언처럼.

엄마가 일곱 살 때 외할아버지가 돌아가셨다고 들었다. 엄마에게는 수영이 앞으로 나아가게 하는 유일한 방법이었다. 슬픔에 지배당하지 않기 위한 엄마만의 행동이었다.

나는 돌고래 조각을 맞추기 위해 책상 앞에 앉았다. 모두 여섯 마리를 맞추어 붙였지만, 아직도 그릇에는 남은 조각들이 가득했다. 완성된 두 마리는 몸통의 색깔이 서로 달랐다. 하나는 초록색 꼬리에 파란색 가슴지느러미와 머리를, 다른 하나는 분홍색 꼬리에 진홍색 지느러미와 파란색 머리를 지녔다. 어쨌거나 온전한 모양이라는 게 중요한 것 아닌가.

내 방 침대 머리맡에는 엄마와 나의 사진을 담은 액자가 걸려 있었다. 우리는 '오버룩 등산로-17km'라고 적힌 표지판 옆에 나란히 서 있었는데, 마치 근육을 자랑하듯 두 팔을 뻗은 채 아주 진지하고도 결의에 찬 표정을 짓고 있었다.

나는 액자 걸쇠를 풀고 사진을 꺼낸 뒤 프린터로 사진을 복사했다. 그러고는 책가방에서 스케치북을 꺼냈다.

나는 선생님이 칠판에 적었던 '0.000000000001'에 대해 생각했다. 엄마와 나의 사진이 수학 문제이고, 이걸 아주 작은 조각들로 나누어야 한다면 나는 이렇게 설명할 수 있을 것 같다. 지금 엄마가 사진의 내용을 알아볼 수는 없지만 부분적으로는 기억할 거라고. 어떤 색깔의 양말을 신었는지, 언제 비가 내리기 시작했는지, 내 등산화 끈이 왜 계속 풀렸는지 같은 단편적인 것들은 기억할 거라고.

물론 기억을 잘게 쪼갠다고 해서 엄마가 그 조각 가운데 하나라도 생각해 내리라는 보장은 없었다. 그래도 나는 끝까지 시도해 보려 한다.

복사한 사진에서 내 모습을 오려 내어 스케치북에 붙였다. 사진 아래에 '캐시'라고 썼다. 엄마도 똑같이 오려 내어 옆에다 붙였다. 사진 아래에 '엄마'라고 썼다. 마지막으로 표지판을 붙이고, 그 아래에 '우리가 막 등산을 마쳤을 때'라고 적었다.

사진의 조각들이 전하는 이야기는 사실 아주 간단하다. 내가 그곳에 있었다는 사실을, 엄마가 그곳에 있었다는 사실을, 우리가 그곳에서 함께 등산을 했다는 사실을 말할 뿐이다.

사진은 이렇게 세 조각이었다. 나는 수식을 끼적여 보았다.

3은 1에 한 번도 들어가지 않는다. 가령 10을 3으로 나누면 3이 3번 들어가고 소수점 아래 3이 계속된다. 3.33333333……. 무리수다. 아주 마음에 들었다.

나는 이 작품의 이름을 〈0.3333333〉이라고 부르기로 했다. 엄마와 나, 그리고 표지판까지 이 세 조각이 끝이 없는 숫자를 만들어 내다니, 얼마나 의미가 있는가.

거실로 나왔다. 엄마는 이제야 옷을 제대로 입고 있었다. 머리칼은 아직 젖은 채였다. 아빠는 저녁을 준비하는 중이었다.

텔레비전에서는 돌고래 눈을 확대해서 보여 주었다. 그러다 이내 점점 뒤로 물러나더니, 족히 오십 마리쯤은 되어 보이는 돌고래 떼가 끝없이 너른 바다에서 수영하는 모습을 비추었다. 엄마를 안정시키기 위해 아빠가 다큐멘터리를 틀어 준 것 같았다. 돌고래들은 목적지가 분명히 있는 것처럼 한 방향으로 헤엄치고 있었다.

“어디로 가는 걸까?”

“그냥 수영하는 거야. 그게 돌고래들의 일이니까.”

드디어 엄마가 엄마만의 세계에서 바깥으로 나왔다. 나는 엄마 앞에 스케치북을 들어 보이면서 조각난 사진을 손으로 가리켰다.

“엄마, 우리 등산 많이 다녔던 거 기억나?”

엄마는 손가락으로 사진을 살짝 문질렀다. 그러다가 내 등산화로 손이 옮겨 갔다.

“이 등산화는 맨날 끈이 풀리곤 했어.”

엄마의 손끝이 사진 속 얼굴들을 가만히 쓸었다. 마치 사진에서 우리를 꺼내려는 것처럼.

“평생 등산만 하러 다녀도 좋을 거야, 수영처럼.”

사진이 엄마의 기억을 자극한 것 같았다. 나는 엄마 뺨에 살짝 입을 맞추었다. 비록 내 이름을 기억할 만큼은 아니지만, 기억의 한 조각이 제자리를 찾은 것 같았다.

손님방에는 트로피로 가득 찬 장식장이 있었다. 모두 엄마의 트로피였다. 엄마는 진짜로 수영을 잘했다. 주특기는 접영이었다. 트로피 옆 액자에는 엄마가 열 살 때쯤 찍은 사진이 들어 있었다. 나보다 어린 나이의 엄마는 제일 높은 다이빙대에 서서 트로피를 든 채 환하게 웃었다. 엄마의 미소는 더없이 맑아 보였다.

장식장의 맨 아래 선반에는 액자에 넣지 않은 사진들로 꽉 차 있었다. 나는 상자를 열고 사진에 찍힌 사람을 기준으로 정리하기 시작했다. 한 더미는 나만 나온 사진, 한 더미는 엄마랑 나, 한 더미는 엄마랑 아빠, 그리고 마지막 더미는 우리 셋이 모두 나온 사진으로 나누었다. 나랑 아빠랑 둘만 찍은 사진은 별로 없었다.

그러고 나서 내가 제일 좋아하는 사진들로 추려 보았다. 우리 가족이 진짜 행복해 보이는 사진들로 열 장을 골라 프린터로 복사한 뒤 방바닥에 죽 펼쳐 놓았다.

제일 먼저 집어 든 건 호숫가에서 찍은 사진이었다. 엄마랑 나는 수영복을 입고 있었다. 엄마는 챙 모자를 쓰고 있었고, 내 코에는 선크림 자국이 하얗게 남아 있었다. 나는 사진의 가장자리를 잘라 내고는 엄마와 내 얼굴 주위를 오렸다. 그러고는 그 사이에 물과 모래를 오려서 붙였다. 새로운 사진에는 우리의 얼굴과 물과 땅만 남았다.

그다음에는 우리 가족이 캠핑 갔을 때 찍은 사진을 꺼냈다. 아마도 타이머를 설정해 두고 찍었던 것 같다. 아빠랑 엄마는 캠핑 의자에 앉아 서로 팔짱을 끼고 있었고, 나는 엄마 옆에 서서 손을 번쩍 들고 있었다.

나는 사진을 자세히 들여다보았다. 특히 내 미소에 눈길이 오래 머물렀다. 모든 이가 다 보일 정도로 신나고 환한 웃음이었다. 내가 이렇게 웃었던 때가 언제인지 기억이 가물거렸다.

이번에는 엄마의 어릴 적 사진을 보았다. 다이빙대에 서서 트로피를 들고 있는 사진……. 사진 속 모든 것이 반짝반짝 빛났다. 엄마의 미소도, 엄마의 노란색 티셔츠도, 엄마의 눈도, 그리고 엄마의 미래도.

어떻게든 샌디에이고에 갈 방법을 찾아야 한다. 나는 캔버스와 물감을 옷장에서 꺼낸 다음, 방바닥에 쪼그려 앉았다. 밝은색 물감으로 "여기에 가고 싶어."라고 썼다. 그리고 엄마가 돌고래들과 함께 머리를 내밀고 수영하면서 아빠와 나에게 손을 흔드는 모습을 그렸다. 아빠와 나는 그런 엄마를 응원했다. 머리 위로 말풍선을 그린 뒤 "우리가 드디어 해냈어!"라고 적었다.

거실로 다시 나와 보니, 아빠는 여전히 주방에서 저녁 식사를 준비하고 있었다. 작년에 내가 그렸던 엄마의 초상화 옆에 새로운 캔버스를 걸었다. 아빠가 보고 혹시라도 화를 내면 안 되는데……. 차라리 아빠에게 먼저 알리는 게 나을까.

나는 일단 엄마 옆으로 가서 앉았다. 심장이 쿵쾅쿵쾅 뛰어서 다큐멘터리 해설이 들리지 않을 지경이었다. 소파 팔걸이에 있는 엄마 손을 꼭 잡았다. 그러자 엄마도 내 손을 꽉 쥐었다.

엄마는 텔레비전에서 눈을 떼지 않았다. 나는 엄마 어깨에 머리를 살짝 기대었다. 엄마도 나에게 똑같이 기대었다.

우리는 엄마가 버킷 리스트를 완성할 수 있도록 도와야 한다. 아프다고 해서 엄마가 아닌 건 아니니까. 초점이 없는 눈에도 엄마는 여전히 존재하니까. 그러니까 절대로 포기하면 안 된다. 아직 같이 해 봐야 할 것이 많았다.

"돌고래들이 왜 떼 지어 다니는지 알아?"

엄마가 텔레비전에 눈을 고정한 채 물었다.

"음, 서로 보호하려고?"

"맞아. 하지만 언제든 자기 무리를 떠날 수 있어. 원한다면 새로운 무리에 합류할 수도 있고. 아주 자유롭지. 그럼 또 다른 무리가 돌고래를 받아 주고 보호해 준대."

나는 가끔 생각한다. 지금 엄마에게 가장 좋은 일은 돌고래가 되는 게 아닐까, 하고.

오늘처럼 집에 돌아오면 콜린스 아주머니는 돌고래가 된 엄마를 안전하게 욕조로 옮겨 둘 것이다. 우리는 엄마를 위해 더 큰 수조를 구할 것이다. 하지만 더는 엄마를 감당할 수 없어 바다로 데려갈 수밖에 없겠지.

엄마는 엄마만의 방식으로 "안녕, 사랑해."라고 인사한 다음, 드넓은 공간으로 헤엄쳐 가려나? 문득문득 엄마를 그리워하겠지만, 어쩌면 엄마는 새로운 곳에서 더 행복할지도 모른다.

정말로 돌고래가 된다면 오히려 엄마의 기억이 돌아올 수도 있지 않을까. 돌고래들은 서로의 특별한 소리를 인식할 수 있으니까. 그러면 엄마가 바닷속으로 들어가기 전에 "내 이름은 캐시야."라고 말해 줄 것이다. 십오 년, 이십 년, 이십오 년이 지난 뒤에도 그 해변에 서서 내 이름을 크게 외칠 것이다. 내 목소리를 들을 거라고 생각하면서. 그러면 엄마는 바다 위로 올라와 나를 향해 노래를 부를지도 모른다. 엄마는 분명 내 목소리를 기억할 테니까.

저녁을 먹기 위해 식탁 앞에 앉았다. 나는 아빠의 반응을 살피면서 천천히 말했다.

"아빠, 근데 엄마가 돌고래를 진짜 좋아하잖아? 찾아보니까 수족관에 들어가서 돌고래랑 수영하는 걸 직접 체험할 수 있는 곳이 있더라고. 엄마가 가면 진짜 좋아할 것 같아. 어쩌면……."

하마터면 엄마의 기억이 돌아올지도 모른다고 말할 뻔했다. 물론 아빠한테 그 말이 먹힐 리가 없었다. 아빠는 기억이 돌아오는 게 불가능하다고 믿으니까.

"글쎄, 엄마가 어떤 반응을 보일지 모르겠네. 막상 갔는데 엄마에게 엄청나게 스트레스를 줄 수도 있잖아. 그럼 모두가 견디기 힘들어질 거야."

하지만 그 반대라면? 엄마가 돌고래와 진짜 즐겁게 수영을 한다면? 돌고래와 함께 있는 엄마를 보면서 우리 가족도 더없이 행복하다면?

"내가 예약할게. 아빠는 바쁠 테니까. 돈도 내가 준비하고. 그동안 모아 놓은 게 좀 있거든."

"그거 조지아 오키프 박물관에 가려고 모은 돈 아니야?"

"박물관에는 나중에 가도 돼."

"아빠는 회사에 가고, 너는 학교에 가야지."

"주말에 가면 되잖아."

"캐시, 만약 엄마가 갑자기 도망가 버리면? 만약 엄마가 맘에 안 들어서 미친 듯이 화를 내기 시작하면? 만약 엄마가 사람들이 많은 데서 물건을 던지기 시작하면?"

아빠가 또 '만약'의 시나리오를 시작했다.

"그럼 나도 아빠를 도우면 되지. 반대로 아무 일이 안 일어날 수도 있잖아. 만약 그냥 평범한 여행이 된다면? 만약 엄마가 정말로 좋아한다면? 만약 우리 가족이 진짜로 행복한 시간을 보낸다면?"

나도 지지 않고 '만약'의 게임에 뛰어들었다. '만약 우리가 다 같이 가는 마지막 여행이 된다면?'이라고 말할 뻔했지만 목구멍 너머로 꿀꺽 삼켰다. 이건 아빠한테 너무나 잔인한 말이었다.

"생각은 좋아. 엄마는 돌고래와 수영하고 싶어 했으니까. 진작 데려갔어야 했는데."

어차피 안 된다는 뜻이었다.

"아빠, 정말로 재미있게 다녀올 수도 있어."

"그래, 그럴지도 모르지."

하지만 아빠의 얼굴은 불가능하다고 말하고 있었다.

"이것 좀 봐, 아빠."

나는 식탁에서 일어나 아빠를 거실로 이끌었다. 아빠가 나를 따라왔다.

처음에는 캔버스에 풀로 붙인 사진을 보고 살짝 미소를 지었다. 아마도 내가 예술제에 출품할 무언가를 그렸다고 생각한 모양이었다. 그러다 곧 이건 좋은 방법이 아니라고 말하는 듯한 표정으로 바뀌었다. 아빠는 굳은 얼굴로 식탁 앞에 앉았다.

"캐시, 네가 무슨 생각을 하는지는 잘 알겠지만 아빠 마음은 변하지 않을 거야. 미안해. 나는 엄마에게 최선이라고 생각하는 대로 해 나갈 거야. 물론 어렵다는 걸 알아. 상황이 더 나아질 일도 없겠지. 하지만 이제는 이게 우리의 일상이야."

"그렇다고 굳이 힘들게 헤쳐 나갈 필요는 없잖아."

아빠는 더 이상 아무 말도 없었다.

'아빠가 틀렸어. 아빠는 겁쟁이야. 우리가 전처럼 지내지 않아야 할 이유는 없다고. 최소한 노력은 더 해 봐야 하잖아.'

나는 목 끝까지 올라온 말을 겨우 참았다. 결국에는 캔버스를 내 방으로 가져와 벽에 걸었다. 그러고는 책상 서랍에서 조지아 오키프의 꽃으로 장식된 봉투를 꺼내어 그 안에 모아 두었던 돈을 세어 보기 시작했다.

곱셈과 닮은 아이

월요일 1교시가 끝났다. 지난번 일로 베일리와 나는 쉬는 시간에 밖으로 나가지 못하는 벌을 받았다. 교실에는 우리 외에도 세 명의 아이가 더 있었다. 나는 교실 뒤쪽 끝에, 베일리는 건너편 한쪽 끝에 앉았다.

벌 받을 때 교실에서의 규칙은 단 하나, 떠들지 않기다. 유일하게 허락된 건 간식 봉지를 열 때 어쩔 수 없이 나는 바스락거리는 소리 정도뿐이었다. 나는 스케치북에 스틱맨들을 그린 뒤 축구공 하나를 더 그렸다. 축구공에는 바둑판 모양 무늬까지 세세하게 그려 넣었다. 양쪽 끝에다 골대를 그린 다음, 삐죽삐죽한 잔디까지 표현했다.

베일리는 수학 책에서 무언가를 지우고는 지우개 가루를 바닥으로 툭툭 털었다. 타키를 몇 개 집어 먹자 베일리의 손끝이 매운 라임 맛 타키 가루로 금세 빨갛게 물들었다.

나는 스틱맨에게 축구 유니폼을 입혔다. 상의에는 내가 예전에 경기를 할 때마다 요청했던 등 번호 '7'을 넣어 주었다. 그리고 검은색 반바지와 스파이크 운동화를 그렸다. 눈은 일부러 축구공을 바라보도록 했다.

다른 스틱맨에게도 등번호 '3'을 넣은 유니폼을 그려 주었다. 엄마의 초상화처럼 정성껏 그렸다. 주변에 칠할 만한 게 있는지 둘러보았지만 하나도 보이지 않았다. 나는 벌떡 일어서서 데비 선생님에게 물었다.

"선생님, 혹시 색연필이나 크레파스가 있을까요?"

"학교 숙제 때문에 필요한 거니?"

"네, 숙제를 해야 해서요."

"알았어, 자리에 가져다줄게."

선생님은 교실 한쪽으로 가더니 크레파스가 들어 있는 상자를 가지고 왔다. 상자 안에는 포장이 벗겨진 데다 죄다 부러진 크레파스가 들어 있었다. 나는 빨간색 크레파스로 유니폼과 축구화를 색칠했다.

3학년 때 베일리에게 수학의 사칙연산 중 '곱셈'과 가장 닮은 것 같다고 말한 적이 있었다. 그 말은 내가 할 수 있는 가장 큰 칭찬이었다. 하지만 베일리는 그 말이 좀 이상하다고 생각하는 듯했다.

"그게 무슨 뜻인데?"

나는 아주 간단하게 대답해 주었다. 왜냐하면 진짜로 그렇다고 생각했으니까. 하지만 그때는 이 년 전이었다. 지금의 나라면 이렇게 말해 줄 것이다.

"곱셈과 같다는 건 정말 좋은 뜻이야. 자연수를 곱하면 결과는 언제나 처음의 수보다 커지게 되거든. 나는 네가 곱셈과 비슷하다고 생각해. 우선 네 용기, 그러니까 네 눈에 가득한 그 용기 말이야. 누군가와 이야기할 때 너는 항상 침착하게 눈을 바라보잖아. 용기와 침착함, 이렇게 두 가지를 곱하면 답은 강렬함이야. 어때, 멋지지?"

나는 지금도 베일리가 그렇다고 생각한다. 하지만 베일리가 나에 대해 어떻게 생각하는지는 잘 모르겠다.

드디어 축구화 앞코까지 다 칠했다. 나는 스케치북에 떨어진 크레파스 가루를 입으로 후 불었다. 뭐가 빠졌는데……. 아, 맞다. 말풍선. 나는 등번호 '7'을 달고 있는 스틱맨 옆에 말풍선을 그렸다. 그리고 그 안에 "정말 미안해. 여전히 나는 네가 곱셈과 같다고 생각해."라고 썼다.

등번호 '3'인 스틱맨 옆에도 말풍선을 그렸지만 무슨 말을 써야 할지 몰라서 잠깐 망설였다. 미안하다고 말하면 베일리가 어떤 반응을 보일지를 상상해 보았다. 아무래도 나에게 그럴 권리는 없는 것 같았다. 어떻게 답할지는 베일리가 정하는 게 맞으니까. 나는 말풍선 안에 물음표를 그려 넣었다.

원래 있던 자리에다 크레파스 상자를 갖다 두었다. 그러고는 데비 선생님이 나를 보고 있지 않다는 걸 확인하고서 스케치북을 찢은 다음, 반으로 접어 베일리의 수학 책 옆에 슬쩍 놓았다.

쉬는 시간이 끝났다. 베일리는 수학 책을 옆구리에 끼고 교실을 나갔다. 그런데 내 그림이 바닥에 떨어져 있었다. 실수로 그랬는지, 아니면 일부러 그랬는지 알 수가 없었다. 나는 얼른 주워서 뒷주머니에 구겨 넣었다.

오후 수업이 끝나고, 교실에는 베일리와 나만 남았다. 우리는 방과 후 미술반 수업이 남아 있었다.

지 선생님이 도움이 필요하다며 우리를 불렀다. 베일리와 나는 선생님을 따라 계단을 내려간 뒤 학교 출입문 쪽으로 향했다.

"이번 벽화 프로젝트, 정말로 기대되지 않니? 모두가 함께 만든 작품이라 무척 멋질 거야. 협동한다는 건 진짜 아름다운 일이거든."

'비품실' 팻말이 걸려 있는 문을 선생님이 열쇠로 열었다.

"잠시만 기다려. 큰 종이를 꺼내 올게. 벽화에 어떤 그림을 그릴지 구상하는 데 쓸 거야."

베일리와 나는 복도에 우두커니 서 있었다. 주변이 매우 조용했다. 무슨 말이든 꺼내야만 할 것 같았다.

"할머니는 잘 지내셔?"

나는 달리 말할 거리가 도통 떠오르지 않았다.

"잘 지내셔. 언제나 잘 지내시지."

"응, 할머니는 행복하게 잘 지내실 것 같아."

"우리 할머니야 늘 그렇지."

'혹시 할머니는 자동차 키를 어디에다 두었는지 잊어버리시지는 않아? 가끔 리츠 크래커 같은 과자를 냉장고에 넣으시기도 해? 네 이름을 아주 잠깐이라도 까먹으신 적은 없어?'

나는 이런 걸 묻고 싶었지만 입을 꾹 다물었다.

선생님이 커다란 종이 뭉치를 들고 나왔다. 우리는 다시 교실로 향했다. 아이들이 교실에서 기다리고 있었다.

"우리가 먼저 할 일은 주제를 정하는 거야."

선생님은 칠판에 적혀 있는 '바다'와 '사막', 두 단어를 차례로 가리켰다.

"자, 투표를 하기 전에 다른 생각이 있는 사람?"

아무도 손을 들지 않았다.

"그럼 둘 중 하나가 되겠구나."

"선생님, 그 전에 친구들에게 뭘 좀 보여 주고 싶은데요. 괜찮을까요?"

나는 손을 들고서 스케치북을 꼭 쥐었다.

"물론이지."

"프로젝터를 써도 되나요?"

"그럼."

선생님이 프로젝터 전원을 켜는 동안, 나는 스케치북에서 바다를 그린 페이지를 펼쳤다. 아직 완성된 건 아니지만 이 정도면 아이들에게 내 생각을 알릴 수는 있을 것 같았다. 나는 그림을 프로젝터 위에 올려놓고 스마트보드 쪽으로 향했다.

"내 생각은 바다를 배경으로 그리는 거야. 하지만 너희는 사막을 그리고 싶어 하잖아. 그래서……."

나는 파도 위를 둥실둥실 떠다니는 산쑥과 뻐꾸기와 사와로 선인장을 가리켰다.

"여기 자세히 보면 가오리도 있고, 알록달록한 열대어들도 있어. 돌고래도 있고……."

가오리가 선인장 사이로 미끄러지듯 헤엄쳤다. 열대어들은 산쑥 주변을 들락날락했다. 돌고래가 태양을 향해 바다 위로 눈부시게 뛰어오르는 것처럼, 사막의 금잔화 위를 훌쩍 뛰어넘고 있었다.

"원한다면 사막과 관련된 것들도 많이 그려 넣을 수 있어."

하지만 아이들의 표정을 보니, 사막과 바다를 섞은 아이디어가 별로 마음에 들지 않는 듯했다.

"잘했어, 캐시. 여기에 '바다와 사막 모두 그리기'도 써 놓아야겠구나."

선생님이 말했다. 그때 조나단이 손을 들었다.

"선생님, 근데 저는 아직도 바다가 우리랑 무슨 상관이 있는지 모르겠어요. 벽화는 학교를 대표하는 그림이잖아요. 전에 말씀드린 대로 우리가 지금 사는 곳, 우리 지역과 관련이 있어야 한다고 생각해요."

"그래. 조나단, 네 말도 맞아. 그래도 나와 다른 생각을 들어 보는 건 꼭 필요한 일이란다."

선생님은 내가 상처받지 않도록 애썼다. 나는 다시 아이들을 향해 말했다.

"벽화의 주제를 생각했을 때 색감도 중요할 것 같아. 바다와 사막을 함께 넣는다면 따뜻한 색과 차가운 색, 그러니까 기쁨과 슬픔을 모두 그려 넣을 수 있어."

그때 베일리가 끼어들었다.

"그런 거라면 사막을 주제로 하는 벽화에서도 충분히 해 볼 수 있지 않아? 우리에게 익숙한 주제여야 한다는 의견에 나도 찬성해. 다양한 감정을 나타내는 색깔을 사용해 보자는 것 정도는 괜찮아."

베일리는 내 편을 온전히 들어주지는 않았다.

"자, 이제 투표할 준비가 되었니?"

"네!"

선생님의 물음에 나를 제외한 아이들이 큰 소리로 대답했다. 투표 결과, '사막과 바다 둘 다'를 선택한 사람은 한 명이었다. 나머지 열한 명은 모두 '사막'을 선택했다.

선생님은 내 어깨를 토닥여 주고는 비품실에서 가져온 종이를 교실 바닥에 펼쳤다.

"그럼 본격적으로 그림을 그려야겠지? 창의력을 발휘해서 짝

꿍과 함께 밑그림부터 그리도록 해. 학교에서 작업해도 좋고, 부모님이 허락하신다면 집에서 작업해도 좋아."

선생님은 책상으로 가서 종이를 꺼냈다.

"여기에 각자 그림에 대한 설명을 적어 보자. 혹시 궁금해하는 부모님이 계시다면 메일로 안내해 드린다고 전해 주고."

우리 엄마는 학교 일에 늘 질문이 많았다. 이제는 컴퓨터를 켤 줄이나 아는지 모르겠다.

"모두 한 줄로 서 볼까? 어깨를 나란히……, 좋아."

선생님은 아이들에게 1번부터 12번까지 적힌 숫자 카드를 나누어 주었다.

"그림을 함께 그릴 짝꿍을 정해 보자. 1번은 12번과 짝이야. 2번은 11번, 3번은 10번……."

나는 5번, 베일리는 8번이었다. 우리는 다시 짝이 되었다. 베일리가 종이를 받아 들고 내게로 다가왔다.

"이건 네가 들고 가도 괜찮을까? 나는 이따 자전거를 타고 가야 해서. 그림은 이번 주 토요일에 우리 집에서 그리자."

"안 돼, 이번 주에 아빠가 출근하시거든. 엄마랑 같이 있어야 해. 미안해, 베일리."

"그럼 너희 집에서 할까?"

"좋아, 근데 우리 엄마가……. 만약 나랑 짝 하기 싫으면 선생님께 말씀드려도 괜찮아."

"아니야, 나는 상관없어. 그때 보자."

베일리가 가고 나서, 선생님이 나를 불렀다.

"투표 결과 때문에 실망했지? 괜찮니?"

"네, 괜찮아요."

그렇다고 해서 토끼 안에 가오리를 어떻게 숨길지, 사와로 선인장 안에 돌고래를 어떻게 숨길지 생각하지 않겠다는 건 아니었다.

"그래, 실망하지 않았으면 좋겠어. 너의 생각을 당당히 발표했으니까. 그것만 해도 얼마나 멋진 일인데? 아니면 그 내용으로 예술제에 출품해도 좋을 것 같아."

"네, 선생님. 생각해 볼게요."

자전거 보관소 앞에 베일리가 아직 있었다. 자물쇠와 체인, 열쇠를 책가방에 대충 쑤셔 넣은 채 앞바퀴를 보고 있었다. 아무래도 타이어에 펑크가 난 듯했다. 베일리는 책가방 옆 주머니를 열고 작은 파우치를 꺼냈다.

오 분도 걸리지 않아 베일리는 구멍을 찾아 막았다. 그러고는 책이 들어 있어야 할 책가방에서 공기 펌프를 꺼내더니, 타이어에 바람을 넣기 시작했다. 순간 내가 바다에서 길을 잃는다면, 베일리가 곁에 있으면 좋겠다는 생각이 들었다.

베일리는 자전거 손잡이를 잡고 안장에 올라타기 위해 한쪽 다리를 높이 올렸다. 그러다가 나를 발견했다.

"캐시, 너도 자전거 타?"

"아니."

"왜?"

"같이 탈 사람이 없어서."

"혼자 타도 되잖아."

"너는 혼자도 타?"

"가끔. 같이 탈 사람이 없다고 자전거를 그만 타는 건 아닌 것 같아서."

"그럼 공원에도 아직 가?"

나는 진심으로 궁금했다.

"아니, 집 주변만 도는 정도야."

베일리가 페달에 발을 올렸다. 방과 후 미술반 아이들이 교문 밖으로 나가고 있었다.

"토요일에 해바라기 씨도 먹자. 내가 갖고 갈게. 네가 좋아하는 브랜드가 데이비드 맞지? 빨강, 파랑, 노랑이 섞인 봉지."

"응!"

베일리가 그걸 기억해 주다니, 몹시 기뻤다.

나를 향해 베일리가 손을 흔들었다.

기억의 조각들

토요일 아침이 되었다. 현관문을 열자 베일리가 파티 사이즈의 해바라기 씨 봉지를 손에 들고 흔들었다.

"오늘 우리, 할 일이 많잖아. 이 정도는 필요할 것 같아서."

베일리는 주방으로 성큼성큼 들어가더니, 식탁 한가운데에 해바라기 씨 봉지를 펼쳐 놓았다.

나는 종이와 연필을 가져왔다.

"마실 것 좀 줄까? 물, 주스, 탄산수 중에 뭐 마실래?"

"탄산수!"

베일리 대신 엄마가 거실에서 외쳤다. 베일리가 주방 한쪽에서 얼굴을 빼꼼 내밀었다.

"안녕하세요!"

하지만 엄마는 아무 대답도 하지 않았다. 베일리와 나는 눈을 마주쳤다.

"엄마, 베일리 왔어!"

나를 따라 베일리가 거실로 나왔다. 베일리가 소파에 앉으며 손을 내밀었다. 엄마는 그 손을 덥석 잡았다.

"안녕하세요, 아주머니."

베일리가 다시 한번 인사했다. 베일리가 마지막으로 우리 집에 온 지 일 년은 지난 것 같았다. 베일리에게는 엄마가 얼마나 달라 보일까.

"캐시랑 벽화 꾸미는 데 낼 그림을 그리려고 왔어요."

베일리는 어쩔 줄 몰라 했다. 나는 엄마 어깨를 살짝 토닥이며 말했다.

"탄산수 가져다줄게, 엄마. 우리는 주방에 있을 테니까, 또 필요한 게 있으면 언제든지 부르면 돼. 알았지?"

내가 자리에서 일어섰는데도 베일리는 여전히 소파에 앉아 있었다.

"손을 꽉 잡고 계셔서……."

엄마 눈은 여전히 텔레비전을 응시했다. 나는 엄마 앞에 무릎을 구부리고 앉았다.

"엄마, 베일리 손 좀 놓아줘."

"크래커랑 치즈 먹고 싶어."

"알았어, 가져다줄 테니까 베일리 손 좀 놓아줘."

나는 내 손을 엄마 손에 얹으며 부탁했다. 하지만 엄마는 베일리 손을 더 꽉 쥘 뿐이었다.

"엄마, 제발……."

"추수 감사절이 언제지?"

엄마가 뜬금없이 물었다. 엄마 눈은 이제 내가 그린 엄마의 초상화를 응시하고 있었다.

"한 칠 개월은 남았을걸."

나는 엄마 손을 베일리에게서 부드럽게 떼어 보려고 했다.

"칠면조 고기를 사야 해. 4.5킬로그램까지만 오븐에 들어갈 수 있어. 매시 포테이토를 만들려면 우유 말고도 크림을 꼭 써야 하고."

베일리에게 엄마는 낯선 사람으로 보일 게 분명했다.

"괜찮아?"

나는 베일리를 향해 물었다. 베일리는 고개를 끄덕였다.

"이 정도이실 줄은 몰랐어."

엄마가 다시 끼어들었다.

"아빠한테 마트에는 꼭 낮에 가야 한다고 전해 줘. 밤에 가면 칠면조 고기가 다 팔려서 저녁을 햄버거로 때워야 할 수도 있거든."

"걱정 마, 꼭 말할게."

엄마가 베일리 손을 더 세게 잡았다.

"베일리, 잠깐만. 크래커랑 치즈 좀 가져올게."

나는 주방으로 후다닥 가서 리츠 크래커에 치즈 스프레이를 뿌린 후 접시에 담아서 가지고 나왔다. 엄마 무릎에 접시를 올려놓자, 그제야 엄마가 베일리 손을 놓고서 크래커를 집었다.

잠시 후 식탁으로 돌아온 베일리는 자기 손을 한참이나 문질렀다.

"힘이 엄청나시다."

"미안."

나는 냉장고에서 탄산수 두 캔을 꺼냈다.

"정말 몰랐어. 아니, 이렇게까지는……."

베일리가 거실 쪽을 바라보았다.

"그렇게 안 좋아 보여?"

"아니야. 그리고 나는 괜찮아, 정말로."

그러고는 생각지도 못한 이야기를 꺼냈다.

"우리 엄마가 얼마나 아팠는지 언니가 울면서 말해 준 적이 있어. 하지만 나는 너무 어릴 때여서, 엄마에 대해 기억나는 게 하나도 없거든. 그래서 언니처럼 슬프지 않았던 것 같아. 너는 지금 몹시 슬프겠지?"

베일리는 탄산수 캔을 따면서 말을 이었다.

"그게 좋은 건지 나쁜 건지, 아직도 잘 모르겠어. 물론 우리 엄마랑 상황이 다르기는 하지만."

"좋고 나쁘고 같은 건 없어. 그냥 이렇게 된 것뿐이야."

나는 탄산수를 한 입 마셨다. 베일리와 이런 이야기까지 나누다니, 엄청난 발전이었다.

"그럼 이제 우리, 그림 그리기를 시작하면 될까? 아니면 어떻게 그릴지 계획부터 세워 볼까?"

"그냥 오늘은 각자가 원하는 걸 그려 보고, 다음에 다시 해 봐도 좋을 것 같아."

그때 거실에서 무언가 쿵 하는 둔탁한 소리와 함께 쨍그랑 소리가 났다.

황급히 거실로 나가 보니, 엄마의 초상화가 바닥에 떨어진 채 부서져 있었다. 엄마는 그림 속 주인공이 누구인지 알고 싶다는 표정으로 뚫어지게 쳐다보았다.

내가 액자를 집어 들자 엄마가 팔을 잡았다.

"좀 더 보고 싶어."

"깨졌어. 엄마가 깨뜨렸잖아."

나는 엄마가 제대로 대답하지 못할 게 뻔한 질문을 던졌다.

"왜 그랬어? 왜 그랬냐고?"

"좀 더 보고 싶어. 이 사람이 나니?"

"맞아, 하지만 지금은 안 돼. 유리가 깨져서 다칠 수 있어."

나는 그림을 가져다가 식탁 위에 올려 두었다. 베일리가 다가와서 물었다.

"빗자루 어디에 있어?"

"괜찮아, 내가 할게. 나, 이제 깨진 물건 치우기 전문가야."

엄마는 그림이 떨어진 자리에 쭈그리고 앉았다. 나는 엄마 주변을 빗자루로 쓸었다. 베일리가 쓰레받기를 들고 와서 도와주었다.

"엄마는 내 이름도 몰라."

이 말을 꺼낸 건 베일리한테가 처음이었다.

"그래도 네가 누구인지는 아시잖아."

베일리는 싱크대 하부 장을 열었다. 우리 집 쓰레기통이 어디 있는지 아직 기억하고 있었다.

"그런 것 같아."

그때 현관문이 열리고 닫히는 소리가 들렸다.

시계를 보니 11시 18분이었다. 아빠가 퇴근하기에는 너무 이른 시각이었다.

"가자!"

나는 베일리와 함께 밖으로 나간 엄마를 황급히 뒤쫓았다.

오늘 하늘에는 구름이 조금 떠 있었지만 태양이 여느 때보다 더 밝게 빛났다. 내가 제일 좋아하는 산쑥과 잣나무 냄새가 공기를 가득 채웠다. 산꼭대기가 선명한 파란색에 가까웠다.

베일리와 나는 사막이 시작되는 지점에서 멈춰 섰다. 산쑥 덤불에 숨겨 놓은 캠핑용 의자를 꺼냈다. 의자를 하나씩 펴는 동안에도 엄마는 아랑곳하지 않고 계속 앞서갔다. 만약 엄마랑 내가 여기에 또 온 걸 아빠가 알게 된다면, 다시는 아무 데도 나가지 못하게 할 것이다.

하지만 지금은 베일리가 함께 있었다.

"저 앞이 협곡이라는 걸 너희 엄마도 아셔?"

"응, 당연하지."

엄마가 대신 대답했다.

지난번에 왔던 바로 그곳이었다. 엄마는 신발을 벗더니 또 바닥에 누워 버렸다. 베일리와 나도 엄마를 따라 신발을 벗었지만 따라 눕지는 않았다. 아무리 베일리가 함께 있다고 해도 그때처럼 잠이 들면 큰일이니까.

"혹시 〈붉은 협곡의 여인〉이라고 아세요? 우리 할머니가 들려주신 이야기인데요."

"응, 그 사라진 여인, 말하는 거지?"

엄마가 말을 이었다.

"여인이 협곡에서 뛰어내리자, 사람들은 모두 여인이 죽었다고 생각했지. 어느 날 여인의 아들이 협곡을 따라 내려가 강으로 향했어. 아들은 강둑에 서서 내내 울었단다. 강을 사랑했던 엄마가 떠올랐거든. 흐르는 강물을 보고 있자니, 엄마가 더욱 더 사무치게 그리웠던 거야."

엄마가 아직 기억하는 이야기가 있다는 사실이 매우 놀라웠다. 엄마는 잠시 말을 멈추었다. 베일리와 나는 엄마가 어서 이야기를 마저 들려주길 기다렸다.

"엄마, 그래서? 어떻게 됐는데?"

"네 친구가 말해 줄 거야."

"좋아요, 제가 할게요."

엄마는 베일리의 이름도 잊어버렸구나. 하지만 베일리는 눈치채지 못한 것 같았다.

"아들이 강가에서 울고 있는데, 어디선가 매의 울음소리가 들려왔어. 하늘을 올려다보았더니, 매 한 마리가 머리 위를 빙글빙글 돌고 있지 뭐야. 햇빛에 눈이 부셔서 손으로 가리고 위를 올려다보았지. 그때 하늘에서 무언가가 툭 떨어졌어. 천 조각들이었는데……. 하필이면 엄마가 가장 좋아하는 초록색이었어. 아들은 대성통곡을 하면서 주머니란 주머니에는 모두 천 조각을 쑤셔 넣었지. 그러고는 온종일 강가를 거닐며 엄마의 흔적을 찾으러 다녔어. 그러다 밤이 되자 너무 피곤해서 그대로 물가에 잠이 들고 말았어. 아침에 눈을 뜨자마자 제일 먼저 초록색 천 조각들이 잘 있는지 주머니를 확인했지. 그런데 이상하게도 모두 사라지고 없지 뭐야. 하지만 아들은 이제 더 이상 슬프지 않았어. 엄마 목소리를 들었거든. '태양이 밝게 빛나고 있다.'고 말하는."

베일리가 잠시 뜸을 들였다.

"이게 이야기의 끝이야. 할머니는 우리 엄마가 그리울 때면 이 이야기를 떠올린다고 하셨어."

"그래서 그 여인이 실제로 어떻게 됐는지는 나중에 알게 돼?"

"아니, 그 여인은 그냥 사라졌어."

나는 그 말에 왠지 모를 슬픔이 밀려왔다. 베일리는 협곡 쪽을 바라보았다.

"여기에 한 번도 와 본 적이 없는데……, 정말 좋다."

"나도 이곳을 좋아해."

엄마가 끼어들었다.

"오늘따라 하늘이 유난히 파랗네요."

"정말 그렇구나. 태양도 밝게 빛나고."

베일리가 엄마 옆에 나란히 누웠다. 엄마는 천천히 눈을 깜빡이다 감았다. 나는 협곡을 걷다가 하늘에서 무언가가 떨어진다면, 그건 분명 엄마가 가장 좋아하는 원피스의 천 조각일 거라고 상상했다.

"있잖아, 깨진 액자 말이야. 어쩌면 계시일 수도 있어."

베일리가 입을 떼었다.

"계시?"

"응, 새로운 작품으로 바꿀 때가 되었다는?"

나는 엄마의 초상화를 그리던 날을 떠올렸다. 예술제가 열리기 한 달 전인 4월, 그러니까 딱 이맘때였다. 나는 엄마를 그리고 싶어서 엄마에게 모델이 되어 달라고 부탁했다. 엄마는 "물론 영광이지!"라고 말했다.

"아니면 엄마 초상화를 다시 그리라는 계시인가? 우리 엄마, 작년과는 많이 달라졌잖아."

"뭐가? 내 눈에는 똑같아 보이는데."

"그래?"

베일리는 참 착하다. 베일리에게 우리 엄마는 그냥 '한결같이 캐시 엄마'일 것이다. 나도 그랬으면 좋겠다. 그냥 한결같이 우리 엄마였으면 좋겠다.

시간이 얼마나 흘렀을까. 아빠가 퇴근하기 전에 얼른 집에 도착해야 했다. 베일리와 나는 서둘러 신발을 신었다. 그러고 나서 나는 엄마가 신발을 신을 수 있도록 도왔다.

집에 돌아와 냉장고에서 물병을 세 개 꺼냈다. 우선 베일리에게 하나를 건넸다.

"오늘 그림을 못 그렸네. 너희 집에서 다시 모이는 건 어때? 우리가 학교에서도 못 끝내면 말이야."

"좋은 생각이야."

베일리도 찬성했다.

우리는 거실로 나왔다. 나는 물병 뚜껑을 열어 엄마에게 건넸다.

"캐시, 네가 더 엄마 같다."

"응, 점점 더 그렇게 되는 것 같아."

주방으로 가다가 액자가 있던 자리에서 잠깐 걸음을 멈추었다. 베일리가 말했다.

"아까 바꿔야겠다고 말한 건 무조건 다 그러라는 뜻은 아니었어."

"알아, 네가 무슨 뜻으로 말했는지."

"어쨌든 액자만 바꿔도 바뀌는 거지."

베일리 말이 맞았다. 실제로 그림은 조금도 망가지지 않았다.

하지만 무슨 일이 있었는지 털어놓기도 전에 아빠가 먼저 알아채는 건 싫었다. 나는 부서진 액자를 내 방으로 가지고 가서 침대 밑으로 밀어 넣었다.

"너희 엄마, 바다를 좋아하셨지?"

베일리는 벽에 붙어 있는 포스터들을 가만히 둘러보았다. 내 방 침대 위 천장에는 돌고래가 바다 밖으로 고개를 내밀고 있는 사진이 붙어 있었다.

"돌고래들을 보면 왠지 웃는 얼굴 같다니까. 왜 그럴까?"

베일리가 내 책상 앞에 앉으면서 물었다.

"엄마가 그러는데, 돌고래로 사는 게 행복하기 때문이래."

"아, 그럼 바다를 주제로 벽화를 그리려고 했던 게 너희 엄마 때문이었구나?"

"맞아, 기억을 잃어 가는 가족이 있다는 건 정말이지 슬픈 일이거든."

"……미안."

베일리가 사과했다. 나는 포스터 아래에 새겨진 '꿈'이라는 글자를 물끄러미 바라보았다.

"항상 궁금해. 엄마는 어떤 꿈을 꾸고 있을지. 보통 사람들은 꿈을 꿀 때 그날 있었던 일이 나오거나 예전에 일어났던 일이 나오곤 하잖아?"

나는 침대에 걸터앉으며 말했다.

“근데 엄마는 지나간 걸 기억하지 못하니까. 엄마의 꿈은 아마 바다로 가득 차 있을 거야. 꿈속에 보이는 건 바다 위로 몇 킬로미터씩 헤엄쳐 나아가는 돌고래들의 모습일 거고. 마치 따듯하게 타고 있는 벽난로나 가지각색 열대어가 움직이는 수족관 같은 영상을 텔레비전 화면에다 띄워 놓고 보면서 안정감을 찾는 것처럼.”

베일리와 나는 포스터를 바라보았다. 언젠가는 모두 떼어야 할 때가 오겠지.

“꿈속이 아니라 진짜로 돌고래랑 수영할 수 있는 곳에 엄마를 데려가 보려고. 아빠는 절대로 좋은 생각이 아니라고 말하지만 일단은 설득해 볼 생각이야.”

나는 돌고래 조각들이 들어 있는 그릇을 바닥에 내려놓았다.

“어디로 갈 건데?”

“샌디에이고.”

“별로 안 머네?”

베일리가 돌고래 조각을 하나 집어 들었다. 빨간 꼬리였다.

“응, 버스를 타도 될 것 같아.”

“근데 아빠가 계속 안 된다고 하면?”

베일리는 짝을 찾기 위해 조각들을 뒤적였다.

“혼자서라도 엄마를 데리고 가야지.”

“진짜? 그렇게 할 수 있어?”

베일리는 깜짝 놀란 눈치였다.

"물론이지. 해낼 거야, 꼭."

그 말과 함께 나는 왠지 수심이 깊은 바다로 뛰어내리는 기분이 들었다. 앞으로 일어날 일에 대해 충분히 각오했는데도 왠지 찌르르 가슴이 아렸다.

운이 나쁜 날

나는 후드 티 모자를 푹 눌러쓴 채 얼굴을 파묻고 급식실 테이블에 엎드려 있었다. 마치 단단한 바위처럼. 내가 좀처럼 일어나지 않자 엄마는 신디 로퍼의 〈여자들은 단지 즐겁게 살고 싶어〉를 나직이 부르기 시작했다. 무척 화가 나 있을 때도 나는 이 노래만 들으면 기분이 누그러지곤 했다.

엄마의 노래는 차로 함께 걸어가는 동안에도 이어졌다. 분명 내 눈을, 울고 있는 내 눈을 본 게 틀림없었다. 선글라스라도 있으면 좋았을 텐데. 보통은 같이 부르자고 하는데, 오늘만은 그러지 않았다.

노래가 끝나고 엄마가 물었다.

"오늘 어땠어?"

"별로였어."

괜찮았다고 말했다면 엄마는 내 거짓말을 바로 눈치챘을 것이다.

"혹시 무슨 일이 있었는지 말해 줄 수 있어?"

"별일 아니야."

"그럼 우리, 아이스크림 먹으러 갈까?"

"아니."

"알았어, 나중에 말하고 싶을 때 해 줘."

엄마는 운전대에 머리를 기대었다. 어디로 갈지 고민할 때 엄마가 자주 하는 행동이었다.

"그냥, 나도 잘 모르겠어. 사소한 일이었는데……, 하루가 엉망이 되어 버렸어."

나는 후드 티 모자를 머리끝까지 덮어 버렸다.

집에 도착해서 책가방을 내려놓자 엄마가 갑자기 재촉했다.

"서둘러, 바로 나갈 거야."

엄마는 점퍼 주머니 속에 무언가를 쏙 넣었다.

"어딜?"

"어딘지 알잖아?"

"협곡?"

엄마는 대답 대신 엄지손가락을 치켜세웠다.

"근데 엄마, 주머니에는 뭘 넣은 거야?"

나는 엄마를 부지런히 따라가며 물었다. 엄마는 걸음이 정말 빨랐다.

"비밀이야."

하늘은 맑고 짙었다. 바다처럼 푸른색은 아니지만, 엄마의 따뜻한 품과 아빠의 커다란 품이 생각나는 풍경이었다.

우리는 사막으로 들어섰다. 저 멀리 매 한 마리가 보였다. 파란 하늘 위를, 짙은 초록의 산쑥 위를, 적갈색 흙 위를 유유히 날고 있었다.

협곡 끝에서 10미터쯤 떨어진 곳에 엄마가 자리를 잡고 앉았다. 그리고 점퍼 안에서 무언가를 꺼냈다. 나는 그게 무엇인지 단번에 알아차렸다.

“엄마가 늘 읽어 주던 책이네?”

“응, 아주 훌륭한 철학 책이지.”

《너는 나의 태양》은 숲에 사는 동물들의 우화였다. 어떤 동물이 슬퍼하자 동물 친구들은 위로해 주기 위해 무척 노력한다. 하지만 그다지 효과가 없다. 그럼에도 친구들은 여전히 그 옆에 있다는 걸 끊임없이 상기시켜 준다. 그리고 마침내 햇빛이 찾아온다.

“엄마가 진짜 많이 읽어 주었잖아. 내용이 다 기억나.”

“그랬지, 때로는 나에게 필요한 이야기이기도 했어.”

나는 누워서 엄마가 책 읽어 주는 소리에 귀를 기울였다. 다 읽고 나서 엄마도 내 옆에 누웠다.

“어때? 우리 딸, 기분이 좀 나아졌어?”

“응, 엄마. 좋아졌어.”

엄마는 내 손을 꼭 잡았다.

“조지아 오키프라면 이 하늘을 어떻게 그렸을까?”

“음, 글쎄. 근데 감이 올 것 같아.”

나는 일어나 앉았다.

영원할 것만 같은 하늘이다. 꿈에서나 볼 수 있는 하늘이다. 내가 조지아 오키프라면 색감에 집중하지 않을까? 파란 색감 때문에 하늘이 신비롭게 보이는 거니까. 슬픔의 파란색, 광대함의 파란색, 시원함의 파란색, 평화로움의 파란색이 모두 뒤섞여 있다.

“일단 색깔을 고른 다음에 캔버스 아래쪽에다 산을 그리는 거야.

산꼭대기만 보이도록. 그리고 캔버스 중간에 팔을 길게 그리는 거지. 마치 두 팔로 하늘을 안고 있는 것처럼."

"제목은 뭘로 할까?"

엄마가 물었다.

"음……. 〈사막 하늘〉, 어때?"

"좋은데? 아니면 〈캐시의 하늘〉은 어때?"

"그것도 좋아."

나는 다시 누웠다. 산들바람이 기분 좋게 불어오고 있었다.

"엄마가 하늘을 그린다면 어떻게 그릴 거야?"

"엄마는 화가가 아니야."

"그래도 생각해 봐."

엄마는 선뜻 대답하지 않았다. 산들바람이 엄마에게 정답을 가져다주기를 기다리는 듯했다.

"생각났다! 하늘이니까 당연히 파란색으로 그려야겠지. 근데 파란 하늘에 여러 가지 물건들이 둥둥 떠 있는 거야. 우리 집, 수영 모자, 고글, 아빠가 제일 좋아하는 스웨터, 엄마가 제일 좋아하는 수영복, 네가 네 살 때 입고 다니던 분홍색 꽃이 그려진 노란 드레스, 등산용 신발이랑 붓, 그리고 돌고래가 적어도 한 마리쯤 떠 있으면 좋겠어."

"그럼 제목은 뭐야?"

"〈나를 숨쉬게 하는 것들과 함께 수영하기〉, 어때?"

"좋아."

나는 엄마에게 조금 더 다가갔다. 우리의 어깨가 맞닿았다.

"엄마, 여기로 데려와 줘서 고마워."

"또 오자, 언제든지."

"응, 돌아가고 싶을 때 가자."

"그래, 좀 더 있다 가자."

영원한 것처럼 보이는 건 하늘뿐만이 아니었다. 수백만 년은 족히 넘은 듯한 바위층으로 이루어진 협곡이 바로 옆에 있어서일까.

나는 협곡이 우리의 시간을 멈추게 했다고 확신했다. 한 시간, 하루, 일주일, 한 달은 수백만 년에 비하면 아무것도 아니니까. 이곳의 시간이 마치 저 산에 있는 모래알과 같이 느껴졌다. 바다에 있는 물방울처럼도 여겨졌다.《너는 나의 태양》을 읽어 주고 〈여자들은 단지 즐겁게 살고 싶어〉를 불러 주는 엄마가 내 옆에 있는 지금이 세상의 전부인 것만 같았다.

엄마가 일어나 바지에 묻은 흙을 털고는 내게로 손을 내밀었다.

"이제 그만 집으로 가서 엄마랑 저녁 준비하지 않을래?"

"좋아."

"맞다, 가기 전에 우리가 할 일이 있지?"

엄마는 하늘 높이 손을 뻗었다. 나도 똑같이 손을 뻗었다. 우리는 산을 '터치'했다.

익숙한 골목으로 들어섰을 때, 가로등이 모두 켜져 있었다. 어느새 차들은 전조등을 켠 채 달렸다. 사람들이 퇴근하고 개들이 짖고 현관문이 여닫혔다. 저 멀리 우리 집 현관 등이 노랗게 빛났다. 엄마의 수영 모자와 같은 색이었다. 엄마가 내 손을 지그시 잡았다.

"확실히 기분이 좀 나아진 거지, 응?"

"응, 당연하지."

이런 엄마가 없다면 나는 무엇을 할 수 있을까.

시간이 많지 않아

아빠가 차려 놓은 식탁 앞에 엄마와 아빠가 함께 앉아 있었다. 아빠는 턱을 괸 채 빈 커피 잔을 빙글빙글 돌렸다.

"아빠, 커피 더 마실 거야?"

"아니……, 괜찮아."

"근데 왜 그러는데?"

나는 책가방을 의자 옆에 놓았다.

"아침부터 먹어. 학교에 데려다줄게."

아빠가 시계를 올려다보며 말했다. 나는 냉장고에서 버터와 잼을 꺼냈다.

"그래, 좋은 생각이야."

"뭐라고? 나, 아무 말도 안 했는데? 아빠, 혹시 무슨 일 있어?"

"이따 이야기하자."

아빠는 커피 잔을 개수대에 넣고 내 이마에 입을 맞추었다.

"그냥 지금 말해 주면 안 돼? 하루 종일 생각나서 신경 쓰일 거란 말이야. 실제보다 열 배는 더 안 좋게 추측할지도 몰라. 그러니까 솔직히 말해 줘, 제발."

아빠는 긴 한숨을 쉬었다.

"캐시, 때가 된 것 같아."

때가 되었다고?

"아주 오랫동안 생각했어. 그 누구의 잘못도 아니야. 엄마의 행동을 막지 못한 콜린스 아주머니의 잘못도 아니고. 아빠가 걱정하는 건 오로지 엄마를 안전하게 보호하는 거야. 엄마도 스스로를 지켜야 하고. 그래서……."

나는 아빠가 무슨 말을 하려는지 알아차렸다.

"엄마를 시설에 보내는 게 좋을 것 같아."

결국 그 말이 나오고야 말았다. 예전에도 아빠가 지금처럼 말한 적이 있었다. 언젠가는 엄마를 요양 시설에 보내야 한다고.

"어차피 자리가 나려면 좀 기다려야 할 거야. 아빠는 모하비 사막 요양원에 보냈으면 해. 우리 동네 바로 옆이라 가깝거든."

"당장은 아니지? 곧 여름인데……."

"정확히 언제가 될지는 아빠도 몰라."

이건 내가 원하는 대답이 아니었다.

"그럼 그 전에 샌디에이고에 다녀와도 돼? 엄마 버킷 리스트에서 그나마 현실적인 게 '돌고래와 함께 수영하기'인데……."

"영국이나 페루에 가는 건 좀 어렵겠지?"

아빠는 바닥을 가만히 내려다보았다. 우리가 원하면 어디든 갈 수 있었던 그때를 그리워하는 것처럼.

"가면 되지."

우리는 여전히 많은 걸 할 수 있다. 아이스크림을 사 먹으러 나갈 수도 있고, 미술관에 다녀올 수도 있고, 그냥 가볍게 드라이브를 할 수도 있다.

"그래서 돌고래는?"

나는 아빠의 생각을 돌리려고 애썼다.

"캐시, 그건 불가능해……."

"아빠는 이미 마음을 정했구나. 알았어."

아빠는 나를 도와주지 않기로 결심한 것 같았다. 하지만 괜찮다. 내가 직접 방법을 찾으면 되니까.

라디오에서 진행자가 우스꽝스러운 이야기를 했다. 아빠가 라디오를 껐다. 나는 마음이 한결 놓였다. 사람들이 농담하면서 깔깔 웃는 소리를 듣고 싶지 않았다.

"괜찮아?"

"별로."

나는 솔직하게 대답했다.

"나중에 말해 줄걸."

"내가 졸랐는데, 뭐."

그게 사실이니까. 이제 나에게는 시간이 없다.

아빠가 차를 세웠다. 나는 차에서 내린 뒤 뒷좌석에서 책가방을 집어 들고서 아빠에게 손을 흔들었다.

지 선생님은 학기 초에 우리 반 아이들에게 두 가지 목표를 제시했다. 첫째는 질문할 때 긴장감과 두려움을 극복하기. 둘째는 수학, 국어, 사회, 과학 중 어떤 과목이든 배운 내용을 정확히 이해하기. 그게 어렵다면 잘게 나누어서 쉬운 부분부터 이해하면 된다고 했다.

계획을 세우는 것도 똑같다. 단계별로 잘게 쪼개어서 하면 되지 않을까. 나는 찬찬히 계획을 세워 보았다.

아침 8시 30분에 샌디에이고로 출발하는 버스가 있다. 엄마랑 함께 움직이려면 8시까지 버스 터미널에 가야 한다. 아빠가 출근하자마자 7시 30분에 집을 나서면 된다.

터미널까지는 자전거로 이동한다. 내 자전거는 안장이 하나뿐이니까 엄마를 앉힌 다음, 나는 선 채로 페달을 밟는다. 터미널에 도착하면 자전거를 거치대에 세워 둔다.

잠깐, 여기서 생각이 멈추었다. 버스 터미널에 자전거 거치대가 있었나? 설령 있더라도 거기에 두고 갔다가 자전거를 도난당하면 돌아올 때는 어떡하지? 아빠에게 전화해서 엄마랑 나를 데리러 오라고 해야 하나? 나는 고개를 절레절레 흔들었다.

"캐시, 식을 세워 볼래?"

선생님의 목소리가 아득하게 들려왔다.

"지금 몇 번인가요?"

"3번이야."

하지만 머릿속에서는 온통 자전거를 어떻게 해야 할지 그 궁리뿐이었다. 엄마가 모하비 사막 요양원에 가 버리면, 나는 과연 엄마가 없는 집에서 제대로 살 수 있을까.

울고 싶지 않았다, 적어도 지금은. 집중하자.

"잘 모르겠어요. 죄송합니다."

"괜찮아, 캐시."

선생님은 곧 다른 아이의 이름을 불렀다.

방과 후 미술반 시간이 되었다. 벽화에 그릴 스케치를 구상하느라 모두 바쁘게 손을 놀렸다. 서로서로 자기 그림을 보지 못하게 가렸다. 나도 베일리의 그림을 볼 수 없었다. 단지 베일리의 그림에는 꽃과 산토끼, 아니면 뻐꾸기가 있지 않을까 추측할 뿐이었다. 물론 배경은 사막일 것이다.

나는 팔이 다섯 개인 사와로 선인장을 그렸다. 몸통에는 구멍을 다다닥 그려 넣었다. 예전에 등산할 때 보니까, 선인장에 나 있는 구멍들은 딱따구리가 만든 것이었다. 딱따구리가 떠나면 올빼미나 참새 같은 새들이 들어가 둥지 삼아 지낸다고 했다. 나는 엘프 올빼미가 고개를 비스듬히 기울인 채 구멍을 들여다

보는 모습을 그렸다. 그런데 사와로 선인장이 종이에 거의 꽉 차서 하늘을 그릴 공간이 별로 없었다.

수업이 끝나 미술용 연필을 챙기고 있는데, 베일리가 다가와서 말했다.

“나는 사와로 선인장이 참 좋더라.”

베일리의 스케치를 보니 사와로 선인장이 네 개나 있었다. 선인장의 팔에 꽃이 하나씩 피었다.

“꽃은 모두 다른 색으로 칠할 거야.”

“좋은 생각이야, 베일리. 예쁘다.”

“스케치가 완성되면, 우리 집에서 마무리 작업을 하는 게 어때?”

사실 베일리 집에 못 간 지 좀 오래되었다. 아주 작은 평범함은 누려도 되지 않을까.

“그래, 그렇게 하자.”

나는 책가방을 어깨에 멨다. 베일리가 새 종이를 집어 들었고, 우리는 같이 교실에서 나왔다.

“스케치까지는 집에서 끝내고 갈게. 선인장의 구멍을 채워야 하는데 동물로 할지, 다른 걸로 할지 아직 정하지 못했거든.”

돌봄 교실에 도착했다. 다른 아이들은 밖에서 놀고 있었다. 나는 책상에 자리를 잡고 앉아 연필로 스케치를 하기 시작했다. 선인장 둥지의 바닥 쪽에 가오리를 그리고, 다음에는 문어를 그렸다. 문어 다리 중 두 개를 선인장 둥지 가장자리에 붙였다. 그리고 가오리와 문어 사이에 선인장 안쪽으로 수영해서 들어가는 돌고래를 그렸다.

엄마가 부서지는 파도를 가를 때 나도 같이 수영할 걸 그랬나? 나는 젖은 모래에 발가락을 깊숙이 넣고서, 마치 나무뿌리처럼 단단하게 우뚝 서 있었다. 그 자리에 그렇게 서 있으면, 내 분홍색 산타크루즈 후드 티가 엄마에게 지표가 되어 줄 거라고 믿었다. 엄마가 수영하다가 지금 어디로 가고 있는지 잊어버렸을 때 고개를 들면 내가 보일 테니까.

나는 돌고래의 등지느러미 끝을 지우고 좀 더 둥글게 그렸다. 가오리와 문어와 돌고래를 둘러싸고 있는 건 바다인데, 선인장 뒤로는 하늘이 있어서 두 가지 색감의 파란색을 썼다.

조나단 같은 아이들이 뭐라고 할 수도 있을 듯했다.

이런 동물들은 사막에 살지 않아.

응, 나도 알아.

우리는 사막 벽화를 그리고 있다고.

그래, 여긴 사막이야.

사막을 주제로 하기로 했잖아.

맞아, 하지만 선생님은 자기만의 시각으로 각자의 구역을 그리면 된다고 하셨어. 이건 내 그림이니까 괜찮아.

토요일 아침이다. 베일리에게는 10시까지 가겠다고 말해 두었다. 복도에서 엄마가 신을 끌며 느릿느릿 걷는 소리가 들렸다. 엄마는 걸을 때 발을 끄는 습관이 있었다. 해변에서도 항상 모래를 차면서 걸어 다니곤 했다.

나는 돌고래 두 마리를 더 붙여 놓고 내 방 옷장에서 저금통으로 쓰는 유리 용기 뚜껑을 열었다. 그러고는 지금까지 모아 놓은 돈을 가방에 담았다. 아쿠아틱 파크에 예약하려면 신용카드가 필요한데, 당연히 아빠 카드를 쓸 수는 없었다.

엄마와 아빠가 거실 소파에 나란히 앉아 있었다. 나는 엄마 볼에 입을 맞추고 아빠 볼에도 입을 맞추었다.

"몇 시간만 나갔다 올게."

"그래, 재미있게 놀다 와."

아빠가 배웅했다. 나는 차고에 있는 자전거를 꺼내어 타고서 베일리네 집으로 향했다.

베일리네 집 정원은 색색의 선인장으로 뒤덮여 있었는데, 선인장 가시 사이로 노란색과 분홍색 꽃이 활짝 피어 있었다. 로레나 할머니의 콩 요리 냄새에 괜스레 기분이 좋아졌다. 나는 이 따뜻한 냄새를 어디서든 알아차릴 수 있었다. 로레나 할머니는 사람들이 집에 놀러 오면 정성껏 대접하는 걸 즐겼다.

문을 두드리기도 전에 베일리가 현관문을 열었다. 우리는 주방으로 향했다. 로레나 할머니는 콩 요리를 그릇에 가득 담고 있었다.

"캐시! 오랜만이구나. 여기 앉으렴. 아침은 먹었니?"

로레나 할머니가 환한 웃음으로 반겨 주었다. 물론 아침을 먹었지만 할머니의 요리가 들어갈 배는 언제나 따로 있었다.

"엄마는 좀 어떠시니?"

"할머니……."

베일리가 할머니 말을 막았다.

"슬픔을 솔직히 털어놓는 건 좋은 거야. 그렇지, 베일리?"

할머니는 토르티야와 살사를 그릇에 가득히 담아 식탁에 내려놓았다.

"그럭저럭 괜찮으세요."

나는 신선한 살사를 담뿍 떠서 콩 요리에 얹었다.

"좋은 날도 있고요, 별로인 날도 있고요."

그런데 갑자기 아빠가 엄마를 시설에 보내야 한다고 말한 게 떠올랐다. 나는 콩 요리를 억지로 입에 욱여넣었다.

"저런."

로레나 할머니는 하늘을 보며 성호를 그었다.

로레나 할머니가 파인애플 주스를 따라 주었다. 나는 주스를 벌컥벌컥 마셨다. 새콤하니 맛있었다.

우리가 음식을 먹는 동안, 로레나 할머니는 주위를 서성이면서 더 필요한 건 없는지 살폈다. 나는 여기에 있는 게 너무나 좋았다. 벽은 바깥의 선인장 꽃들처럼 노랗게 칠해져 있었고, 천장에는 색색의 도자기 화분이 매달려 있었다. 돋아난 지 얼마 안 되는 새싹들이 빗방울같이 싱그러웠다. 정말이지 평온했다.

로레나 할머니는 우리 엄마보다 나이가 많은데도 내 이름을 정확하게 기억했다. 아주 오랜만인데도 말이다. 그리고 이런 요리도 뚝딱 만들었다. 할머니의 눈은 저기 아득히 먼 어딘가가 아닌, 지금 이곳을 똑바로 바라보고 있었다. 무슨 말이든 예측 가능한 이야기라서 긴장할 필요도 없었다.

내가 콩 요리를 다 먹자 로레나 할머니가 더 먹겠느냐고 물어보았다.

"좀 있다가 또 먹을게요."

"아주 현명한 대답이야."

할머니 말에 베일리가 빙긋 웃었다. 로레나 할머니는 이따 집에 가져갈 수 있도록 요리를 담아 주겠다고 말했다.

우리는 빈 그릇을 개수대에 옮겨 놓고 거실로 나왔다. 자홍색 거실 벽은 마치 사막의 노을 같았다. 천장에 도자기 화분도 더 많이 늘어뜨려 놓았다. 화분 밖으로 삐져나온 식물들이 꼭 도마뱀 발처럼 귀여웠다.

"슬슬 시작해 볼까?"

베일리는 거실에 그림을 그리기 위한 공간을 미리 만들어 두었다. 종이를 바닥에 반듯하게 펼쳐 놓은 뒤 한쪽에 연필과 물감을 준비해 놓았다.

"어떡해, 베일리! 스케치한 걸 집에다 놓고 왔어. 어디에 두었는지 아니까 얼른 다녀올게. 미안."

이런, 망했다. 그토록 중요한 걸 빠뜨리다니.

나는 또 엄마 생각이 났다. 그런데 베일리는 별로 걱정하는 기색이 아니었다.

"그거 꼭 있어야 해? 나는 내 스케치, 다 기억하거든."

"하긴, 나도 다 기억해."

로레나 할머니가 피스타치오와 파인애플 주스를 가져다주고는 도로 주방으로 갔다.

"너희 집, 진짜 그리웠어."

"우리 할머니 요리가 더 그리웠던 것 같은데?"

베일리가 슬며시 웃었다.

그때 복도 쪽 문이 열리더니 베일리의 언니 소니아가 나왔다. 소니아 언니는 베일리처럼 길고 검은 머리칼에 갈색 피부를 가졌다.

"좋은 아침이야, 캐시."

소니아 언니는 인사를 건네며 소파에 앉았다. 그러더니 베일리의 머리를 부드럽게 쓰다듬었다. 베일리가 소니아 언니의 다리에 몸을 기대며 말했다.

"언니, 지금 아침 아니고 거의 점심때거든."

"나, 어제 늦게까지 일했잖아. 아, 배고프다."

소니아 언니가 벌떡 일어나 주방으로 향했다.

"콩 요리구나, 예스!"

곧 기쁨에 찬 소리가 들렸다. 베일리가 종이를 가리켰다.

"자, 우리는 우리 일을 하자."

"잠깐만 그 전에 우리 엄마랑 샌디에이고에 가서 돌고래들이랑 함께 수영하게 해 주고 싶다던 말, 혹시 기억해?"

"당연하지."

베일리가 밝은 얼굴로 답했다. 나는 가방 안쪽을 훅훅 휘저어 아까 쑤셔 넣었던 돈을 탁자 위에 꺼내 놓았다.

"이 돈이면 체험비로 충분해. 어차피 엄마만 할 거니까. 그리고 엄마랑 같이 호텔에서 쉴 정도는 될 거야. 근데 문제는 아쿠아틱 파크랑 호텔을 예약할 때 신용카드가 있어야 하는데, 로레나 할머니가 도와주실 수 있을까?"

"할머니는 너희 아빠한테 바로 이야기하실걸. 네 걱정을 많이 하시니까. 근데……."

베일리가 잠시 말을 멈추었다.

"우리 언니는 어때?"

내가 무슨 말을 더 꺼내기도 전에 콩 요리를 한 그릇 가득 퍼온 소니아 언니가 소파에 몸을 푹 던졌다.

"지금 내 이야기 하고 있었지?"

"캐시가 언니의 도움이 필요하대. 캐시, 언니한테 얼른 말해."

나는 소니아 언니에게 다시 사정을 설명했다.

"엄마 일은 정말 안되셨어."

소니아 언니가 입을 열었다. 이제 언니 입에서 '하지만'이 나오겠지. 하지만 나를 도와줄 수 없다고.

그런데 언니가 뜻밖의 이야기를 들려주었다.

"우리 엄마가 살아 계셨을 때……. 음, 그러니까 베일리가 갓 두 살 되었을 때야. 엄마는 우리랑 디즈니랜드에 가고 싶다고 했지. 눈을 감으면 어디로든 갈 수 있는 초능력이 생긴다면 우리를 꼭 데려가고 싶다고 말이야. 나는 그때 어려서 아무것도 할 수 없었지만 지금이라도 무언가 할 수만 있다면, 엄마와 함께 디즈니랜드에 갈 거야."

소니아 언니가 잠시 생각에 잠기더니, 자기 방으로 가서 노트북을 들고 나왔다.

"그럼 예약해 볼까?"

"고마워, 언니."

나는 그동안 참았던 숨을 가만히 내쉬었다.

이제 진짜 돌이킬 수 없다. 아빠 없이 나 혼자 해내야 한다. 배 속이 간질간질하면서 어디선가 아빠 목소리가 들려오는 것 같았다. 무슨 일이라도 일어나면 어쩌려고 그래? 엄마가 도망이라도 가면? 예상치 못한 곳에 왔다고 엄마가 화를 내면? 하지만 아주 훌륭한 여행이 될지도 모르잖아. 지금 아니면 영영 기회가 없을 거야.

나는 베일리에게 구체적인 계획을 들려주었다. 자전거로 버스 터미널까지 가는 방법이었다.

"내 자전거를 써도 좋아. 너만 괜찮다면. 이번에 안장을 바꾸었는데, 좀 길어서 둘이 타도 충분하거든."

베일리가 피스타치오 그릇에 손을 뻗으며 아무렇지 않은 얼굴로 말했다.

"내가 너희 집 앞에 놓고 갈게. 근데 너희 아빠가 보시면, 왜 이게 여기에 있냐고 의아해하실 수도 있겠다."

"숨기면 돼."

물론 어디에 숨길지는 생각을 좀 해 봐야겠지만.

"아니면 네가 출발하기 직전에 내가 가져다줄까? 너랑 너희 엄마가 내 자전거를 타고, 나는 네 자전거를 타는 거지. 터미널에 도착하면 내가 두 대 다 우리 집으로 끌고 오고. 네가 다시 돌아올 때 자전거를 갖고 갈게. 버스 터미널에는 자전거 거치대도 없잖아. 나, 지름길도 알아."

베일리가 말을 멈추었다가 다시 이었다.

"근데 내가 터미널까지 같이 가도 괜찮다면. 네 계획을 방해할 생각은 없어."

"좋아, 최고야. 진작 너한테 도움을 청했어야 하는데."

나는 진심으로 베일리에게 고마운 마음이 들었다.

"버스는 9시 출발이야. 우리 아빠는 7시 30분에 출근하시고."

우리의 계획은 이렇게 정리되었다.

베일리가 7시 40분까지 우리 집에 온다. 그사이에 엄마와 나는 옷을 갈아입고 버스표를 챙긴 다음 간단히 먹을거리를 준비한다. 현관문을 다섯 번 두드리면 베일리가 도착했다는 신호다. 여기까지 순조롭게 진행된다면 바로 버스 터미널로 출발한다.

베일리와 작별 인사를 나누고, 나는 엄마와 함께 샌디에이고

행 버스를 탄다. 막히지 않으면 네 시간 정도 걸릴 것이다. 버스에서 내려서 아쿠아틱 파크까지는 택시를 타고 약 삼십 분 이동한다. 예약 시간은 2시다. 넉넉하다.

엄마가 수영을 끝내고 나면 호텔로 간다. 그리고 아빠한테 전화한다. 우리가 어디에 와 있는지 설명해야겠지. 아마도 미친 듯이 화를 낼지도 모른다. 나 때문에 엄마가 예측 불가능한 상황에 처해 있다고 말이다. 그런 반응이라면 나는 "하지만 아빠, 인생은 언제나 예측 불가능이야!"라고 받아칠 생각이다.

"거의 다 된 것 같은데?"

베일리가 말했다. 베일리는 피스타치오 한 알을 공중으로 던지더니 입안에 쏙 받아 먹었다.

"근데 우리 벽화 작업은 거의 못 했네."

"괜찮아, 아직 시간은 충분해."

하지만 엄마에게는 시간이 충분하지 않았다.

나는 엄마의 버킷 리스트를 하나라도 실현해 주고 싶었다.

엄마 손을 꼭 잡고서

일요일 저녁이었다. 아빠는 봄 방학 기간 동안 콜린스 아주머니가 우리 집에 와서 엄마와 나를 돌봐 줄 거라고 했다. 예상치 못한 변수였다.

"갑자기 왜?"

"아무래도 그게 좋을 것 같아서. 만약 베일리랑 놀고 싶으면 밖에 나가도 돼. 콜린스 아주머니가 계시니까 네가 꼭 엄마 옆을 지키지 않아도 되잖아."

그렇거나 말거나, 나는 계획을 강행하기로 했다. 다음 날 아침, 평소처럼 잠에서 깼지만 방 밖으로 나가지는 않았다. 커피잔이 부딪히는 소리가 나더니, 이내 샤워기 트는 소리가 났다. 나는 방문을 살짝 열고 엄마가 어디에 있는지부터 살폈다. 식탁을 보니 아빠가 아침 식사로 크래커와 치즈를 준비한 듯했다. 엄마는 거실에 앉아 텔레비전을 보고 있었다. 물을 잠그는 소리가 들렸다. 나는 얼른 방문을 닫았다.

언제든지 들고 나갈 수 있도록 옷과 간식, 물, 엄마 약이 들어 있는 배낭을 옷장 한구석에 잘 챙겨 두었다. 옷을 다 입은 상태였지만 침대 이불 속으로 다시 들어갔다. 아빠는 아직 내가 자는 걸로 알아야 했다.

아빠가 방문을 두드렸다.

"캐시, 아빠 다녀올게."

나는 아무런 대답을 하지 않았다.

"엄마는 지금 거실에 있어. 좀 이따 9시쯤 콜린스 아주머니가 오실 거야. 아빠한테 언제든지 전화해도 돼."

"응, 아빠."

나는 이불 속에서 머리를 조금 내민 채 대답했다.

현관문이 닫히는 소리가 나자마자 침대에서 벌떡 일어났다. 아빠가 진짜 갔는지 베란다 창문으로 다시 한번 확인했다.

7시 30분, 엄마는 잠옷 차림이었다. 나는 아침을 먹기 위해 버터와 땅콩버터와 시나몬을 토스트 빵에 차례로 얹었다. 하지만 긴장이 되어서 제대로 먹을 수가 없었다. 심장이 자꾸만 쿵쾅거렸다.

나는 옷을 고른 후 엄마에게 다가가 손을 잡았다.

"옷 갈아입자, 엄마."

하지만 엄마는 텔레비전에서 눈을 떼지 못했다.

"엄마! 우리, 얼른 입자. 나랑 어디 좀 가야 해."

"어디?"

그제야 엄마는 내가 들고 있는 옷을 보았다.

"돌고래 보러!"

나는 엄마가 내 이마에 입을 맞춰 주거나 꼭 안아 주기를 기대했지만, 돌아오는 건 아무것도 없었다.

엄마는 혼자 옷을 입었다. 나는 엄마의 신발 끈을 묶어 주었다. 배낭에 엄마 수영복을 포함해서 필요한 게 모두 들어 있는지 마지막으로 확인했다. 그러고는 식탁에다 쪽지를 남겼다.

콜린스 아주머니, 제 친구 베일리네 집에 엄마랑 다녀올게요.
몇 시간만 놀다 올 테니 걱정하지 마세요. 전화할게요. ^_^

-캐시

나는 웃는 얼굴을 그려 넣고 사인을 했다.

그때 현관 밖에서 문을 두드리는 소리가 났다. 베일리였다.

"준비됐어?"

"응!"

나는 텔레비전을 끄고 전등도 껐다.

"엄마, 내 친구 베일리 기억하지?"

"안녕하세요?"

베일리가 공손히 인사했지만 엄마는 고개만 까딱했다. 대신 베일리가 입은 티셔츠를 칭찬했다.

"바다가 예쁘게 그려져 있네."

"감사합니다."

자전거는 우리 집 담벼락에 기대어 있었다. 베일리는 엄마가 바나나 모양의 길쭉한 안장에 앉을 수 있도록 도와주었다. 엄마는 키가 커서 발이 땅에 끌릴 것 같았다.

"발을 살짝 들면 더 편하실 거예요. 알겠죠? 금방 갈 거니까 걱정하지 마세요. 버스 터미널까지 금방이에요."

베일리 말에 엄마가 고개를 끄덕였다.

집을 나서면서 엄마랑 나를 아는 사람들과 마주치지 않기를 간절히 바랐다. 야구 모자라도 쓰고 나올걸. 하지만 이미 늦었다. 다시 집으로 돌아갔다가 계획에 차질이 생기기라도 하면 절대로 안 된다.

엄마가 내 허리를 꽉 잡았다. 엄마는 고개를 한쪽으로 돌리고 내 등에 바짝 기댄 채 바람을 느꼈다. 눈을 감았지만 분명 웃는 듯했다. 베일리와 나는 한동안 아무 말 없이 달렸다. 내가 먼저 입을 열었다.

"있잖아. 어제 들었는데 콜린스 아주머니가 방학 때도 오기로 했대. 그래서 너희 집에 놀러 간다고 쪽지를 써 놓고 나왔어. 그러니까……."

"콜린스 아주머니가 전화해서 너를 찾으면 우리 집에 같이 있다고 말하면 된다는 거지?"

"응, 맞아. 미안해."

"혹시라도 너를 바꿔 달라고 하면, 우리가 쿠키를 만드느라 손이 밀가루 범벅이어서 나중에 전화하겠다고 전해 줄게. 어때? 내 아이디어가 괜찮은 것 같아?"

"좋아, 정말 고마워."

"나중에 타키나 한 봉지 사 줘."

낯선 동네를 지나고 있었다. 반듯하고 깨끗했다. 집집마다 정원이 말끔하게 손질되어 있었다.

아프기 시작하면서 엄마는 일을 전혀 하지 못했다. 수입이 적어졌지만 콜린스 아주머니를 고용하기 위해서는 돈을 더 써야 했다. 예전에는 자연스럽게 하던 것들을 많이 줄여 나갔다.

"이 길만 지나면 버스 터미널이야. 이제 3킬로미터 정도만 더 가면 돼."

베일리가 말했다.

엄마가 한 번씩 발을 떨어뜨리는 바람에 신발이 부드득 바닥에 끌렸다. 분명 그 소리에 리듬이 있었다. 엄마가 노래를 부르고 있는 게 틀림없었다. 〈여자들은 단지 즐겁게 살고 싶어〉, 〈풋루스〉, 〈빌리진〉 같은 곡들 말이다. 엄마는 조용히 허밍을 하기 시작했다.

언제나 엄마는 허밍으로 노래를 시작하곤 했다. 아침을 만들 때, 저녁을 차릴 때, 옷을 널고 갤 때, 심지어 청소할 때도.

이렇게나 많은 노래의 멜로디를 기억하면서 내 이름은 기억해 내지 못하다니. 나는 숨을 깊게 들이마셨다. 그러니까 나는 엄마한테 화나는 게 아니라 엄마가 앓고 있는 병 때문에 화가 나는 것이다.

"분명히 다른 거야, 맞지?" 하고 아빠한테 따져 물은 적이 있었다. 그래, 나의 분노는 병을 향한 거지, 엄마를 향한 게 결코 아니다.

"몇 블록만 가면 끝이야."

베일리가 다시 알려 주었다. 우뚝 솟은 빌딩들이 나타났다. 엄마는 허밍을 멈추었다. 뒤돌아 엄마를 살피려다 그만 자전거 핸들이 흔들렸다. 그 바람에 엄마 발이 땅에 아주 길게 끌리고 말았다.

"엄마, 괜찮아?"

"응, 괜찮아. 너는 괜찮아?"

"응, 괜찮아."

정말 오랜만에 엄마가 내 안위를 물어봐 주었다.

드디어 버스 터미널에 도착했다. 나는 엄마가 자전거에서 내릴 수 있도록 부축했고, 베일리는 대신 들고 왔던 배낭을 나에게 건네주었다.

"빠짐없이 챙겨 온 것 맞지?"

"아마도."

"그래, 다녀와서 보자. 행운을 빌어."

베일리는 자전거 안장에 앉으며 다른 자전거를 붙잡았다.

"진짜 고마워, 베일리. 나랑 있어 주어서."

"됐어, 내일 봐!"

베일리가 멀어져 갔다. 그 모습을 보고 있자니, 새삼스레 외로운 마음과 함께 조금 무서운 생각까지 들었다. 이제 정말 엄마와 나, 둘뿐이다. 나는 배낭을 어깨에 둘러멘 채 엄마 손을 꼭 잡고서 버스 터미널 안으로 걸어 들어갔다.

돌고래와 함께 수영하기

엄마를 의자에 앉혀 놓고 매표소로 갔다. 예매한 버스가 정시에 출발하는지 확인하기 위해서였다.

"혹시 혼자 온 거니?"

직원이 물었다.

"아니에요. 우리 엄마, 저기 계세요."

나는 엄마가 앉아 있는 자리를 가리켰다. 엄마는 터미널 유리창 너머를 멍하니 응시하고 있었다.

"엄마가 공상을 좋아하셔서요. 근데 버스가 십 분 내에 출발하는 게 맞나요?"

나는 직원의 관심을 애써 딴 데로 돌렸다.

"응, 곧 방송할 거니까 저쪽 문으로 나가서 버스를 타면 돼."

"감사합니다."

나는 다시 엄마에게로 갔다.

"엄마, 배고프지 않아? 크래커 좀 가져왔는데."

나는 엄마에게 리츠 크래커가 든 지퍼백과 참 크래커가 든 지퍼백을 들어 보였다. 엄마는 그중 리츠 크래커를 골랐다. 그러고는 한 번에 두 개씩 먹기 시작했다. 부디 크래커가 부족하지 않아야 할 텐데. 문득 엄마가 들려준 이야기가 떠올랐다.

"캐시, 너는 언제나 야채 크래커를 한 컵 가득 달라고 했어. 알지? 작고 동그란 모양에 짭짤한 크래커 말이야. 식당에서 조개 수프를 주문하면 같이 나오는 그거. 두 살 때 너는 야채 크래커가 가득 들어 있는 컵을 들고 온종일 집 안을 돌아다니다가 다 먹고 나면 주방으로 와서 찬장을 가리키며 '엄마, 더 주세요.' 하곤 했지."

얼마 후 탑승을 알리는 방송이 터미널에 울려 퍼졌다.

나는 엄마를 데리고 버스에 올랐다. 엄마를 창가 쪽에 앉히고 나는 통로 쪽에 앉은 뒤 크래커와 물, 아이팟, 헤드폰을 꺼냈다. 엄마가 음악에 집중하는 편이 나을 것 같아서였다. 엄마는 헤드폰을 쓰고는 재생 버튼을 눌렀다.

"신사 숙녀 여러분, 우리는 곧 샌디에이고에 도착합니다."

버스에서 안내 방송이 흘러나왔다. 나는 눈을 번쩍 떴다.

엄마가 없었다. 엄마가 있어야 할 자리에 보이지 않았다. 깜짝 놀랐지만 이내 평정심을 찾았다. 그래 봤자 버스 안이니까.

가운데 통로 쪽을 휘둘러보았다. 없었다. 화장실로 가 보았다. 문이 '잠김'으로 되어 있었다. 나는 부드럽게 문을 두드렸다. 제발. 다른 사람의 시선을 끌면 안 되는데…….

"엄마?"

나는 작은 목소리로 불렀다. 아무 답이 없었다.

"엄마?"

다시 한번 부르면서 안쪽에서 무슨 소리가 들리지 않는지 귀를 기울였다.

"엄마?"

혹시 헤드폰을 끼고 있어서 내 목소리를 듣지 못하는 건 아닐까. 나는 화장실 문밖에서 엄마가 나오기를 기다렸다.

그때였다.

"안녕하세요?"

문을 열고 나온 엄마는 낯선 사람에게 하듯이 나에게 인사를 했다.

버스에서 내렸다. 나는 터미널 앞에 대기하고 있는 택시를 골라 탔다. 엄마는 여전히 헤드폰을 끼고 있었다. 음악이 엄마를 행복하게 해 준다면 언제까지나 끼고 있어도 괜찮았다.

택시 기사에게 아쿠아틱 파크로 가자고 말했다.

정확히 삼십 분 후 아쿠아틱 파크에 도착했다. 주차장에 차가 많지 않았다. 본관이 닫혀 있는 것처럼 보였다. 나는 잠시 당황했지만 오늘이 개관일이라는 걸 알고 있었다. 마지막 예약 완료까지 분명히 확인했다. 정문에 다다르자 안쪽에 불이 켜져 있는 게 보였다.

그때 휴대폰이 울렸다. 지금 나한테 전화할 사람은 단 한 사람, 아빠뿐이었다.

"응, 아빠."

나는 최대한 아무 일도 없다는 듯이 입을 열었다.

"어디니? 괜찮아? 콜린스 아주머니한테 전화가 왔는데, 네가 베일리네 집에 너무 오래 있는 것 같다고 해서."

"괜찮아, 아빠. 엄마랑 베일리네 집에서 잘 놀고 있어. 쿠키 만드느라 바빴어."

"그래? 엄마는 어때? 좀 바꿔 줄래?"

나는 한쪽 헤드폰을 살짝 들고 엄마 귀에 휴대폰을 갖다 대었다. 아빠 목소리가 밖으로 새어 나왔다.

"여보, 괜찮아? 캐시랑 쿠키 만드는 중이야?"

어차피 엄마가 대답할 확률이 반반이라는 걸 아빠도 잘 알고 있었다. 아빠는 잠시 기다렸다. 역시 엄마는 아무 말도 하지 않았다.

"캐시 친구네 집에 있는 거지?"

"어! 돌고래다!"

갑자기 엄마가 소리쳤다. 엄마는 아쿠아틱 파크의 바깥 통창을 가리켰다. 로비 안쪽 천장에 실물 크기의 병코돌고래가 매달려 있었다.

"여보! 여보!"

아빠의 다급한 목소리가 휴대폰에서 새어 나왔다. 깜짝 놀란 나머지, 나는 얼른 전화를 다시 받았다.

"아빠! 걱정하지 마. 지금 엄마, 돌고래 쇼 보고 그러는 거야. 우리가 텔레비전을 틀어 주었거든. 쿠키 만드는 걸 엄마가 지겨워해서."

"엄마가 못 본 내용이야? 이미 본 것에는 이렇게까지 반응하지 않는데."

"응, 정말 신기하게도 베일리의 언니도 돌고래를 무척 좋아해서 다큐멘터리를 수집했더라고."

이만하면 충분하겠지.

"휴, 그래. 또 전화할게. 꼭 받아."

"알았어."

"십 분만 더 있다가 집에 가는 거다. 알았지?"

"응. 끊을게, 아빠."

나는 휴대폰으로 시계를 보았다. 미안하지만 아빠, 두어 시간은 더 있어야 할 것 같아.

로비로 들어서자 엄마 얼굴에 행복한 미소가 번졌다. 병코돌고래 아래에서 까치발을 하고는 두 팔로 만져 보기 위해 안간힘을 썼다. 몇몇 사람들이 엄마를 이상한 눈길로 쳐다보았다.

다들 무슨 생각을 하는지 잘 알고 있었다. 엄마가 사람들 앞에서 맨 처음 어린아이처럼 행동했을 때는 나도 무척 당황했다. 하지만 지금은 익숙했다. 오히려 그런 시선으로부터는 자유롭게 행동하는 편이었다. 엄마를 따라 하기도 하면서. 물론 크게 소리를 지른다면 다른 문제겠지만, 정말로 즐거워하는 엄마를 보니까 내심 기뻤다.

나도 엄마처럼 손을 힘껏 뻗어 돌고래 조형물을 만져 보려고 폴짝 뛰었다. 엄마가 병코돌고래에 관한 정보를 줄줄 읊기 시작했다. 마치 가이드라도 된 것처럼.

나는 로비 중앙에 있는 작은 분수대 가장자리에 앉았다. 예약한 시각이 다가와, 안내 데스크로 가서 어디로 입장하는지 물어보았다.

"엄마."

나는 엄마에게 다가가 어깨를 두드렸다.

"엄마!"

엄마를 또 불렀지만 아직도 병코돌고래 조형물에 넋이 나간 채 꿈쩍도 하지 않았다.

"우리, 수영하러 갈 거야."

엄마는 여전히 눈을 떼지 못했다.

"이제 가자, 수영하러."

나는 엄마 앞에서 접영을 하듯이 팔을 휘저었다.

"접영을 할 때는 팔꿈치를 좀 더 구부려야 해."

엄마가 진지하게 말했다. 아직도 수영하는 방법을 기억하고 있었다.

"이따 물에 들어가면 어떻게 하는지 보여 줘."

엄마를 달래며 천천히 걸음을 옮겼다.

진짜 돌고래가 있는 곳은 아쿠아틱 파크 안쪽이었다. 우리는 운동장 같은 넓은 건물로 걸어 들어가 짧은 터널을 지났다. 어디선가 첨벙거리는 소리가 들렸다. 엄마가 뚝 멈춰 섰다.

엄마 얼굴에 다시금 행복한 미소가 번졌다.

"돌고래다."

엄마가 나지막이 속삭였다.

이윽고 돌고래 두 마리가 수영하고 있는 커다란 풀장이 나타났다. 그리고 조련사로 보이는 사람이 두 명 보였다. 둘은 물고기가 가득 담긴 플라스틱 통을 들고 서 있었다.

엄마는 풀장과 관중석을 나누어 놓은 난간에 다리를 올리고서 가볍게 뛰어넘었다. 엄마 눈에는 오직 돌고래만 보이는 듯했다. 나는 급히 따라가 엄마 팔을 붙잡았다.

그때 조련사가 달려와 함께 잡았지만 엄마를 끌어낼 수는 없었다. 조련사는 옆에 지키고 앉은 채 엄마가 가까이 들여다볼 수 있도록 해 주었다.

"감사합니다. 사실은 2시에 돌고래하고 수영하기를 예약했는데요."

"아, 네가 킴벌리구나?"

조련사가 친절한 미소를 지었다.

"아니요. 킴벌리는 여기, 우리 엄마예요."

엄마가 두 손을 모아 물을 만졌다. 그때 돌고래 한 마리가 다가오더니 물 위로 뛰어오르며 빠르게 고개를 끄덕였다.

"해나예요. 지금 '안녕?' 하고 인사하는 거랍니다."

조련사가 엄마에게 설명해 주었다.

엄마는 깜짝 놀란 것 같았다. 가슴을 꼭 그러쥔 채 돌고래 해나가 수영하는 모습을 지켜보았다. 해나가 이번에는 좀 더 높이 솟아오르더니 포물선을 그리며 뒤로 첨벙 돌았다. 엄마는 경이로움이 가득한 눈으로 해나에게 집중했다.

"나는 돌고래 조련사 베스야."

"안녕하세요, 캐시입니다."

나는 베스와 인사를 나누었다. 베스가 엄마에게도 악수를 청했지만, 엄마는 해나에게 혼이 쏙 빠져 있는 상태였다.

"우리 엄마에 대해 드릴 말씀이 있어요. 엄마는 지금 알츠하이머병을 앓고 있어서 종종 내가 하는 이야기에 귀를 기울이지 않거나 이해하지 못하는 것처럼 반응할 때가 있어요. 그런데 돌고래와 수영하는 게 엄마의 버킷 리스트라 여기까지 오게 된 거예요."

나는 진실을 단숨에 말해 버렸다.

"그렇구나. 내가 조심해야 할 게 있을까?"

"딱히 없을 거예요. 엄마가 예전에는 수영도 잘했거든요. 일단 물에 들어가면 돌고래가 옆에 있다는 사실에 크게 감동할 거예요."

"좋아, 이제 잠수복으로 갈아입으셔야 하는데. 물이 조금 차게 느껴질 수 있어서. 우선 일반적인 규칙과 돌고래에 대한 기본적인 상식부터 알려 줄 거야."

우리 외에도 신청한 사람은 네 명이 더 있었다. 베스는 먼저 사람들에게 돌고래의 신체 구조와 습성, 먹이 등에 대해 설명해 주었다. 그러고는 잠수복이 걸려 있는 선반을 가리켰다.

"나랑 치수가 비슷하실 것 같은데? 넌 물에 안 들어가는 거지?"

나는 고개를 끄덕였다. 엄마를 탈의실로 데려가기 위해 애썼지만, 엄마는 움직일 기미조차 보이지 않았다.

"엄마, 가자. 이제 물속에 들어가서 돌고래들이랑 수영한대."

이 말에 마음이 동했는지 엄마가 나를 따라왔다. 하지만 잠수복을 보여 주자 엄마는 고개를 절레절레 저었다.

"이걸 왜 입어야 해?"

"몸을 따뜻하게 유지하는 거래. 조련사 선생님이 그러는데 물이 조금 차대."

"이런 옷 따위 입고 싶지 않아. 바다에서 수영할 때도 잘만 했는걸. 안 입을래."

엄마는 수영복으로만 갈아입은 채 탈의실을 빠져나가더니 쏜살같이 풀장으로 향했다. 베스의 안내를 기다릴 새도 없었다. 엄마는 망설임 없이 풀장 안으로 미끄러져 들어갔다.

"킴벌리 씨!"

뒤늦게 베스가 소리쳤지만 엄마는 듣지 못했다. 풀장 너머로 엄마의 꽃무늬 수영복이 어른거렸다. 붉은 점처럼 희미하게. 엄마는 돌고래와 함께 더 깊은 수족관 쪽으로 움직였다.

"이것 참, 큰일인데……."

베스도 어떻게 해야 할지 난감해하는 게 분명했다. 아이라면 규칙을 지키지 않을 때 부모님을 부르면 되지만, 지금은 그 반대의 경우니까.

"이따 여기 반대편으로 오시라고 말해 줄래? 그쪽이 좀 더 얕거든. 돌고래들과 가까이에서 교감할 수도 있고."

나는 엄마가 얼른 물 밖으로 나오기를 기다렸다. 하지만 엄마는 아주 잠시 물 위로 나와 숨을 내쉬고는 다시 물 밑으로 들어가 버렸다. 엄마는 돌고래가 된 것처럼 두 다리를 모아 물을 힘차게 찬 뒤 두 손을 앞으로 쭉 뻗어 헤엄쳤다.

엄마는 정말로 돌고래와 같이 수영하고 있었다. 이곳이 풀장이 아니라 바다였다면, 엄마는 분명 멈추지 않고 계속 수영할 것이다. 잠시 모래사장 쪽을 바라보며 나에게 손 키스를 보내고 이내 물 밑으로 사라질 것이다. 그리고 익숙한 이곳으로부터 엄마는 영원히 멀어질 것이다.

베스가 호루라기를 휙 불었다. 돌고래 해나에게 신호를 보내는 것 같았다. 엄마는 물 밖으로 잠깐 나왔다가 물속을 살피면서 해나를 찾고 있었다. 순간 엄마 눈에 걱정스런 빛이 어렸다.

"엄마!"

마침내 내가 서 있는 풀장 가장자리로 엄마가 다가왔다.

"돌고래랑 수영했어!"

엄마가 흥분한 채 말했다.

"알아, 다 봤어."

심장이 쿵쾅거렸다. 나는 허리를 숙여 엄마를 꼭 껴안아 주었다. 몸이 차가웠다.

그때 해나가 엄마 옆으로 다가왔다. 엄마는 해나 코에 대고 무엇인가를 속삭였다. 아마도 엄마의 이야기를 하고 있겠지. 기억을 잃어 가는 사람에 대해. 자기가 누구인지, 자기 가족이 누구인지조차 모두 잊어 가는 사람에 대해.

언젠가 갔던 바다에서 한 무리의 돌고래가 수영하고 있었다고, 엄마는 조금도 망설이지 않고 신발을 벗었다고, 거센 파도 아래로 수영을 해서 다가갔다고, 돌고래들은 물 위로 고개를 들고 있다가 엄마가 가까이 가자 기다렸다는 듯이 함께 수영을 했다고, 그렇게 말하고 있겠지.

엄마는 해나에게 머리를 기댄 채 눈을 감았다. 나는 사진을 찍었다. 이 순간을 오래오래 기억하고 싶었다. 지금 이 모습의 엄마를 영원히 남기고 싶었다.

해나가 울음소리를 내자 엄마가 그 소리를 따라 했다. 소리를 주고받기가 몇 분간 계속되었다. 나는 엄마가 내 눈을 바라보기를, 나에게 고맙다고 말해 주기를, 나를 안아 주기를 한참 기다렸다. 그렇게만 해 준다면 내가 엄마를 위해 계획한 일을 잘 알고 있다는 뜻이 되니까.

하지만 엄마는 돌고래 해나하고 소통하는 데만 온통 집중했다. 나는 이러다 엄마가 말을 완전히 잊어버리는 건 아닌지 걱정되었다.

"여러분, 이제 시간이 다 되었어요. 돌고래 쇼가 시작되기 전에 해나가 조금 쉬어야 하거든요. 캐시, 엄마와 같이 쇼도 볼 거니?"

보지 않을 이유가 없었다. 쇼가 끝나면 호텔에 가서 저녁을 먹고 내일 아침에 버스를 타고 집으로 돌아갈 것이다.

"몇 시에 시작해요?"

"4시에. 삼십 분 정도 할 거야."

5시 정도면 넉넉하게 출발할 수 있다. 그 전에 아빠한테 전화하면 될 터였다.

베스가 엄마에게 물었다.

"이제 그만 해나와 인사할까요?"

하지만 엄마는 아무 반응도 하지 않았다. 여전히 해나에게 얼굴을 맞대고 있었다.

"해나!"

베스가 손을 흔들었다. 그러자 돌고래 해나가 물 밖으로 가슴지느러미를 꺼내더니 베스가 하는 것처럼 똑같이 흔들어 주었다. 하지만 엄마는 해나를 붙잡고 놓아줄 생각을 하지 않았다.

“엄마, 내가 사진 찍어 줄게.”

나는 휴대폰을 꺼냈다. 엄마는 해나의 이마에 입을 맞추었다.

베스가 해나에게 손을 흔들어 보이자, 해나가 아까와 똑같이 작별 인사를 했다. 엄마는 마침내 물 밖으로 나왔다. 반짝이던 생기가 순식간에 사라졌다.

“별로 좋은 환경은 아닌 것 같아.”

엄마가 말했다.

“응?”

“해나는 자유로워야 하는데, 바다에서 헤엄치고 다녀야 하는데…….”

나는 수건을 가져다가 엄마 몸을 감싸 주었다.

“맞아, 그게 해나한테는 좋을 거야.”

“나한테도 그편이 좋을 것 같아.”

하지만 나에게는 아니었다.

엄마에게는 그럴지도 모르겠다.

호박파이 레시피

방학이 시작되기 전 금요일, 베일리가 우리 집에서 자고 가기로 했다. 자전거를 타고 집으로 같이 오는데, 주차장에 엄마 차가 보였다. 아직 돌아올 시각이 아니지만 엄마가 일찍 와서 기뻤다.

베일리와 나는 깔깔 웃으며 현관문을 열었다. 식탁 등이 켜져 있어서 엄마에게 인사를 하려고 가 보았지만, 웬일인지 엄마가 주방에 없었다. 빈 양념 통들이 싱크대에 나뒹굴고 있었고, 계피와 너트맥이 키친타월에 수북이 쌓여 있었다. 오븐 옆에는 호박, 연유, 설탕, 버터, 소금, 밀가루 같은 게 어지러이 놓여 있었다.

"호박파이를 만드실 건가 봐. 벌써부터 냄새가 좋은걸."

베일리가 말했다. 나는 슬라이딩 유리문이 활짝 열려 있는 것을 보고 그쪽으로 걸어갔다. 바깥에서 불어오는 산쑥 냄새와 집 안에서 나는 계피, 너트맥의 향이 기분 좋게 섞였다.

엄마는 어깨에 카디건을 걸친 채 베란다 차양 아래 의자에 앉아 있었다.

"할머니의 레시피가 도무지 떠오르지 않아. 재료는 다 알겠는데, 얼마만큼 넣어야 하는지를 도무지 모르겠어. 눈 감고도 할 수 있었는데 말이야."

엄마가 눈살을 찌푸렸다.

“금세 생각날 거야, 엄마. 나도 잘 잊어버리고 다니는데, 뭘. 기억 안 나? 저번에 엄마가 학교 갈 때 점퍼를 챙겨 가라고 말했는데, 알았다고 해 놓고는 바로 깜빡했던 거.”

하지만 엄마는 근심이 가득한 얼굴이었다.

“이게 일시적인 건망증인지 잘 모르겠어, 엄마는…….”

엄마가 무슨 말을 더 하려고 할 때였다. 베일리가 문 사이로 고개를 내밀었다.

“아줌마, 안녕하세요!”

“베일리 왔구나?”

엄마가 의자에서 일어나 베일리를 꼭 안아 주었다.

“혹시 어디다 적어 놓지는 않았어?”

“응, 한 번도 기록해야겠다고 생각한 적이 없거든. 다시 한번 해 봐야겠다.”

엄마는 집 안으로 들어갔다. 베일리와 나도 엄마를 따라갔다.

“엄마, 파이 만들기 레시피를 찾아보면 기억하는 데 좀 도움이 되지 않을까? 호박파이 레시피가 다 거기서 거기겠지.”

“그래도 작은 차이가 다른 결과를 만들 수도 있잖아. 맞다, 파이 껍질도 그냥 내 방식대로 만들었거든.”

엄마가 식탁에 있는 동안, 나는 베일리와 함께 탄산수를 들고 거실로 가서 텔레비전을 보기 시작했다. 하지만 영 집중이 되지 않았다. 식탁에다 연필을 똑똑 두드리는 소리가 계속 들렸다. 그건 엄마가 아무것도 적지 못하고 있다는 뜻이었다.

"잠깐, 엄마한테 좀 갔다 올게."

나는 베일리에게 말하고 주방으로 갔다. 엄마는 베란다 쪽을 바라보고 있었다. 산 위로 푸르른 구름이 모여들었다.

"엄마가 일찍 퇴근한 건 알지?"

"응."

하지만 나는 그저 엄마가 오늘 할 일을 일찍 마쳤을 뿐이라고 생각했다.

"오늘 문득 숫자를 계산하는데, 이게 다 무슨 소용인가 싶더라."

"컨디션이 별로였어?"

"그냥 별로인 정도가 아니었어, 딸……. 실은 이런지 좀 되었어."

엄마는 내 볼을 부드럽게 매만졌다.

"내일은 숫자를 계산하는 게 의미가 있을 거야, 엄마."

분명히 그럴 것이다. 엄마보다 더 숫자를 잘 아는 사람은 없으니까.

"괜찮아질 거야."

"그러게, 그랬으면 좋겠네."

엄마는 자리에서 일어나면서 내 이마에 입을 맞추었다.

오븐 위 선반에 요리 책들이 있었다. 엄마는 팔을 뻗어 한 권을 집더니 나에게 건넸다.

"요리 책 레시피로 해 볼까?"

"좀 더 기억해 보지 않고?"

엄마는 무슨 일이든 잘 포기하지 않는 편이었다.

"새로운 방법으로 바꿀 때가 된 것 같아."

엄마는 차례 위에 검지를 올리고는 쭉 훑어 내려가다가 '파이'에서 멈추었다.

"68쪽에 있네."

베일리와 나는 주방 싱크대에서 손을 씻었다. 컨디션이 그냥 별로인 정도가 아니었다는 엄마의 말이 자꾸만 귓가에 맴돌아서 마음이 썩 좋지 않았다. 솔직히 걱정이 되었다. 그럴 때마다 베일리에게 털어놓곤 했는데, 오늘은 당장 뭐라고 말하지도 못하는 상황이었다.

엄마는 우리 뒤에서 필요한 재료들을 한데 모으고 있었다. 어쩌면 내가 지나치게 생각하는 건 아닐까. 요즘 컨디션이 정말 나빠서일 수도 있잖아.

"파이 만들어 본 적 있니?"

엄마가 베일리에게 물었다.

"아니요, 하지만 할머니랑 빵은 만들어 보았어요."

"그래? 할머니와 빵을 만들어 본 실력이라면 파이는 식은 죽 먹기일 거야."

엄마는 냉장고 문을 열어 버터를 꺼냈다.

"자, 버터 포장지를 보면 계량법이 적혀 있지? 여기까지가 버터 반 컵이니까……."

나는 계량이나 단위를 환산하는 것, 그러니까 온스를 컵으로, 컵을 파인트로 바꾸는 걸 꽤 잘했다. 하지만 엄마가 알려 주면 가만히 듣고 있는 게 더 좋았다.

"처음 만들 때는 레시피대로 하는 게 좋아."

엄마는 커피포트에 물을 담았다. 베일리가 레시피에서 1번을 큰 소리로 읽었다.

"먼저 오븐을 220도로 예열하세요."

내가 오븐을 켜자 엄마는 종이 포일을 서랍에서 꺼냈다. 베일리가 나를 보며 말했다.

"네가 반죽 만들래? 나는 이 안에 재료를 넣고 섞을게."

"좋아."

엄마가 머그잔에 커피포트를 들고 물을 부으려다가 문득 내려놓았다.

"아, 이런. 전원 버튼을 누른다는 걸 깜박했네."

엄마는 머그잔을 개수대에 툭 던져 넣었다.

"나는 거실에 있을 테니까 필요하면 불러."

"엄마, 내가 커피 내려 줄까? 한번 해 볼게."

원두는 냉장고 옆 수납장에 있었다.

"아니야, 됐어."

엄마는 비척비척 걸으며 거실로 갔다.

"너희 엄마, 괜찮으신 거야?"

베일리가 익은 호박을 숟가락으로 푹 떠서 그릇에 담았다.

"잘 모르겠어."

내가 아는 엄마는 이럴 때 보통 리드를 해 주었다. "너트맥 3티스푼을 넣어 주세요."라고 유쾌하게 말한다거나, 고운 거품을 잘 내는 노

하우 같은 걸 직접 보여 준다거나.

"혹시 감기에 걸리신 게 아닐까?"

"그런가 봐."

나는 빈 그릇을 내려다보았다.

"나 사실……, 파이 껍질을 만들어 본 적이 없어."

어떻게 만드는지는 엄마가 알고 있었다. 엄마가 여기, 내 옆에 있으면 좋겠다. 하지만 엄마의 표정이 단지 피곤해서만은 아닌 것 같았다. 어떻게 만들어야 할지를 정말로 모르는 얼굴이었다.

베일리가 호박에 계핏가루를 톡톡 뿌렸다.

"나도 해 본 적은 없지만 힘껏 도울게."

"고마워! 근데 잠깐만."

내가 원하는 건 베일리가 아니었다. 나에게는 엄마가 필요했다.

엄마는 소파에 앉아 꺼진 텔레비전 화면을 가만히 쳐다보고 있었다. 나는 엄마 옆으로 가서 앉았다.

"텔레비전 틀어 줘?"

"아니, 괜찮아."

엄마는 물을 한 모금 마셨다.

"그럼 엄마, 주방으로 가서 반죽 만드는 것 좀 도와줘."

나는 엄마 품으로 바짝 파고들었다.

"오늘 엄마가 좀 피곤하네. 우리 딸, 베일리랑 둘이 해 볼 수 있지?"

엄마도 나에게 머리를 기대었다.

"그래도 엄마가 해 주면 안 돼?"

"반죽 만들고 나서 한 시간 정도 휴지 시간을 주어야 해. 일단 반죽이 준비되면 엄마가 가서 밀어 줄게. 어때?"

"알았어."

이 정도면 괜찮은 협상이었다.

"차가운 물을 옆에 두는 것도 잊지 말고. 반죽은 항상 촉촉하게 유지해야 하거든. 다 한 다음에는 랩으로 잘 싸 놓고."

"응."

엄마는 내 뺨에 입을 맞추었다. 나는 다시 주방으로 돌아갔다.

"이건 지금 필요 없을 것 같아."

베일리는 엄마가 버무려 놓은 파이 속을 가리켰다. 나는 베일리에게 랩을 건넸다.

"일단 덮어 두자. 괜찮을 거야."

나는 밀가루와 설탕과 버터를 섞었다. 베일리는 반죽이 마르지 않도록 옆에서 물을 뿌려 주었다. 우리는 언제나 죽이 잘 맞았다. 축구장에서든, 밖에서든.

어느새 단단한 반죽이 만들어졌다. 나는 반죽을 반으로 잘랐다. 베일리가 반을 랩으로 싸고 내가 반을 랩으로 싸서 두 개의 공 모양이 된 반죽을 냉장고에 넣었다.

그사이 엄마는 소파에 잠들어 있었다. 베일리 말이 맞을지도 모른다. 엄마는 감기에 걸렸을지도. 우리는 축구공을 가지고 밖으로 나갔다.

"나, 공차기 연습 좀 해야 하는데."

"그럼 내가 골키퍼 할게."

내 말에 베일리가 선뜻 공을 건네주었다. 그리 오랜 시간이 지나지 않았을 때, 엄마가 현관문을 열고 밖으로 나왔다.

"얘들아, 반죽은 냉장고에 얼마나 더 두어야 하니?"

엄마 목소리에 힘이 들어가 있었다. 마치 내가 베일리에게로 차는 축구공처럼.

"엄마가 한번 볼게. 알았지?"

엄마가 안으로 들어가자 베일리는 공을 나에게로 찼다.

"컨디션이 좀 나아지신 것 같아."

"그러게, 역시 쉬어야 했나 봐."

나는 공을 드리블하면서 현관문으로 향했다.

주방에 들어가자 엄마가 랩을 벗기고 있었다. 서랍에서 밀대를 꺼내 온 엄마는 야구방망이를 든 것처럼 머리 위로 번쩍 들어 올리더니 이렇게 소리쳤다.

"지금부터 파이를 정복해 보자!"

"와! 준비됐어요!"

베일리와 나도 웃으며 주먹을 높이 치켜들었다.

"그럼 시작해 볼까?"

엄마는 공 모양의 반죽을 종이 포일에 올렸다.

"캐시와 베일리, 각자 반죽을 납작한 원 모양으로 만들어 줄래?"

엄마는 반죽의 가운데를 꾹꾹 눌렀다.

"처음에 어떻게 하는지 잘 봐. 반죽을 동글납작하게 펴야 하는데,

파이 틀보다 3센티미터 정도 더 넘치게 잘 만져 주면 돼."

엄마는 반죽 아래 손을 밀어 넣은 후 파이 틀 안에 홱 뒤집어 올렸다. 그러고는 종이 포일을 벗겨 냈다.

"금이 가고 있어!"

엄마가 갑자기 소리를 질렀다. 나는 깜짝 놀라 펄쩍 뛸 뻔했다. 엄마가 이토록 크게 소리를 낸 건 거의 처음이었다.

"금이 가고 있어……."

이번에는 조금 작은 소리로 중얼거리면서 지금 당장 해결해야 하는 것처럼 긴급하게 움직이기 시작했다.

"엄마, 괜찮아. 여기에 물을 조금 바르면……."

"안 돼, 금이 너무 커. 금세 말라 버릴 거야. 여태껏 이런 적이 한 번도 없었는데."

엄마는 두 손으로 반죽을 꺼내더니, 결국은 그대로 휴지통에 던져 버렸다.

나는 베일리를 쳐다보았다. 내가 어떻게 하면 좋을지, 무슨 말을 하면 좋을지 베일리는 알고 있을 것만 같았다. 그러고는 엄마를 향해 다시 말했다.

"엄마, 왜 그래?"

"미안해, 잘 모르겠어. 이러려던 건 아닌데. 정말이야."

엄마는 밀대를 나에게 건넸다.

"베일리와 둘이서 다른 반죽을 밀어 봐. 처음에 어떻게 하는지는 알고 있지?"

엄마는 식탁 의자에 털썩 앉아 블라인드가 내려진 창문을 멍하니 바라보며 말했다.

"괜찮아, 캐시. 걱정하지 마. 아까 좀 더 쉴 걸 그랬나 봐."

그러고 나서 베일리에게도 말했다.

"아줌마가 피곤할 때는 이렇게 성질이 급해지기도 해. 베일리가 이해해 줘."

"우리 할머니도 그래요. 우리 언니는 잠을 못 자면 말을 엄청 날카롭게 하고요."

베일리가 고개를 끄덕이며 의젓하게 대답했다.

과연 잠이 부족해서일까. 지금까지 본 적이 없는 엄마의 모습이었다.

베일리와 나는 같이 반죽을 밀었다. 엄마 말대로 파이 틀보다 3센티미터 정도 더 큰지 확인한 다음에 종이 포일을 벗겨 냈다. 금이 조금 생겼지만 우리는 물로 잘 메워 주었다. 이제 거의 완성이었다. 베일리는 재료를 올렸고, 나는 파이를 오븐에 넣어 시간을 맞추었다.

"엄마, 십이 분 맞지?"

"응, 십이 분."

그릇에는 호박 재료가 절반이나 남아 있었다.

"이걸로 쿠키나 케이크를 만드는 건 어떨까? 내 생각에는 충분히 할 수 있을 것 같아. 안 될 것 없잖아?"

베일리가 내 귀에 대고 속삭였다. 나는 고개를 끄덕이며 새로운 파이 틀 안에 버터를 골고루 바른 뒤 남은 재료를 모두 쏟아 버렸다. 오븐 문을 열고 껍질이 없는 파이도 밀어 넣었다.

“역시 ‘안 될 것 없잖아?’가 정답이라니까.”

“걱정하지 마. 나도 껍질 없는 호박파이를 먹어 본 적이 있어.”

엄마가 거실 블라인드를 걷어 올리며 나 대신 대답했다. 밖에 빗방울이 현관 지붕 위로 똑똑 떨어지고 있었다. 베일리와 나는 엄마를 따라 밖으로 나갔다. 파이가 다 구워지려면 아직 십 분은 더 있어야 했다.

엄마는 정원 한가운데까지 걸어갔다. 빗방울이 엄마 옷에 물방울 무늬를 남겼다.

“얘들아, ‘카오스 이론’에 대해 들어 본 적 있니?”

“아니요.”

우리는 동시에 대답했다.

“수학에서 말하는 이론인데 말이야. 아주 작은 변화가 어떻게 큰 영향을 미치지를 이야기하는 이론이란다. 호박파이는 간단하지. 지금 비가 내리는 것도 간단해. 멋지지 않니?”

“응, 엄마. 멋져. 미안한데 베일리, 혹시 파이가 잘 구워지고 있는지 가서 좀 봐 줄 수 있어?”

“그래.”

“고마워.”

베일리를 안으로 보내고 나서, 나는 엄마와 빗속에 나란히 서 있었다.

“엄마, 괜찮아질 거야. 그렇지?”

"물론이지, 캐시."

나는 엄마가 그렇게 대답할 줄 알고 있었다. 엄마는 언제나 그랬으니까. 게다가 우리 엄마니까.

"잠을 좀 자고 나면 분명히 괜찮아질 거야."

엄마가 내 팔짱을 끼며 말했다.

"엄마, '휘핑크림 이론'이라고 들어 본 적 있어?"

"휘핑크림 이론? 아니."

"이 이론에 따르면, 두 숟가락 가득 넣은 휘핑크림이 호박파이의 맛을 열 배 더 맛있게 만드는 데 아주 큰 영향을 미친다고 해. 파이 껍질이 있든 없든 말이지. 우리, 이 이론을 시험해 보는 게 어때?"

"벌써 네 말이 맞을 것 같은데?"

엄마가 은은히 미소를 지었다.

나는 엄마 손을 꼭 잡고 베란다 차양 밑으로 걸어갔다.

아직은 엄마가 필요해

돌고래 쇼를 보기 위한 사람들로 관중석이 금세 가득 찼다.

"엄마, 우리도 갈까? 곧 시작한대."

엄마는 어깨를 으쓱하더니 탈의실로 들어갔다. 이내 밖으로 나온 엄마는 나에게 수영복을 건네주고는 관중석 쪽으로 걸어갔다.

"해나 옆에 있어서 좋았어? 해나가 엄마한테 뭐라고 이야기하는 것처럼 보이던데, 그때 무슨 생각이 들었어? 돌고래랑 수영하니까 어땠어?"

나는 엄마에게 계속 말을 걸어 보았지만, 엄마는 내 질문에 하나도 대답하지 않았다. 엄마가 우리 가족과 함께했던 등산과 여름휴가, 해변에서의 승마 같은 추억을 끝내 기억하지 못하더라도 오늘 지금 이 순간만큼은 머릿속에서 잊히지 않기만을 바랐다.

스피커에서 음악이 흘러나오면서 돌고래 쇼가 시작되었다. 돌고래 한 마리가 물을 가로질러 오더니 공중에서 몸을 휙 뒤집었다. 관중에서 박수가 쏟아져 나왔다. 엄마는 아무 반응을 보이지 않았다.

그래, 엄마가 굳이 좋아해야 할 이유는 없었다. 조금 전에 경험한 것에 비하면 이건 아무것도 아니니까.

조련사 베스가 나와서 관중을 향해 손을 흔들었다. 그러고는 풀장 끝에 서서 돌고래들에게 물고기를 던져 주었다. 베스는 돌고래들을 해나와 데이지라고 소개한 뒤 관중을 향해 호응을 유도했다. 사람들이 크게 환호하며 박수를 쳤다.

해나와 데이지는 물 위에 누운 채 수영을 했다. 천장에서 한 쌍의 큰 고리가 내려오자 베스는 호루라기를 불면서 손을 번쩍 들었다. 해나와 데이지가 점프해 고리를 통과했다. 그다음에는 베스가 물에 들어가 두 팔을 돌고래들 등에 살짝 올렸다. 해나와 데이지는 베스를 태운 채 풀장을 가로질러 가더니 가장자리에 안전하게 내려 주었다.

베스가 관중에게 손을 흔들자 박수가 쏟아져 나왔다. 해나와 데이지를 향해 똑같은 동작을 하자 관중석에서 또 한차례 박수갈채가 터졌다. 베스는 돌고래들에게 물고기를 던져 주었다.

돌고래 쇼가 모두 끝났다. 엄마는 벌떡 일어나더니 계단 아래로 성큼성큼 내려갔다. 나는 엄마를 급히 따라갔다. 그런데 엄마가 왼쪽 출구가 아니라 정면으로 걸어가고 있었다.

"엄마! 엄마, 어디 가?"

나는 달려가서 엄마 팔을 붙잡았다. 엄마는 돌고래 풀장 쪽으로 향하고 있었다.

"엄마!"

깜짝 놀란 나머지, 나는 엄마를 붙잡으며 간절히 말했다.

"엄마, 다음에 또 오자. 이제 뭘 좀 먹으러 갈까?"

"난 여기에 있고 싶어."

엄마는 다리 한쪽을 난간 위로 올렸다.

"지금 당장 돌고래랑 수영할 거야."

"엄마, 우리 다시 오자, 응?"

나는 다시 한번 엄마를 달랬다.

그때 내 배낭에서 휴대폰 진동음이 울리기 시작했다. 아빠였다. 지금쯤이면 퇴근하고 집에 왔을 시각이었다.

"엄마, 우리 진짜 가야 해."

베스가 다가왔다.

"혹시 도움이 필요하니?"

"네, 도와주세요."

나는 엄마를 붙잡고 다시금 말했다.

"엄마, 다리 좀 내려 봐. 우리, 기념품점에 가 볼까?"

"거기 가면 해나 인형이랑 열쇠고리, 포스터 같은 게 있어요."

베스가 옆에서 거들었다.

엄마는 당장이라도 뛰어들 것처럼 물을 바라보고 있었다. 만약 엄마가 지금 입은 옷 그대로 사람들 앞에서 물에 뛰어든다면 어떻게 될까. 과연 나에게 엄마를 막을 용기가 있을까.

다행히 엄마가 난간에서 다리를 내리고 수족관 출구 쪽으로 걸어갔다. 나는 크게 안도하며 베스에게 "감사합니다!" 하고 인사했다.

어렸을 때 나는 기념품점을 볼 때마다 엄마와 아빠를 졸라 대곤 했다. 그날의 기억을 간직하기 위해 기념품을 꼭 수집했다. 이제 나는 엄마와 함께 기념품점에 왔다. 엄마의 기념품을 내가 사 주어야 하는 입장이 되었다. 엄마는 해나의 사진이 붙어 있는 열쇠고리 상자를 뚫어지게 바라보았다.

휴대폰이 다시 울리기 시작했다. 언제까지고 무작정 피할 수는 없었다.

"응, 아빠."

"캐시! 왜 집에 없는 거니? 집에 와 있으라고 했잖아. 아직도 베일리네 집이니?"

"지금…… 샌디에이고야."

"뭐라고? 샌디에이고?"

"응, 엄마랑 아쿠아틱 파크에 왔어. 엄마가 원하던 대로 돌고래랑 수영도 했고."

아빠는 한동안 말이 없었다. 단단히 화가 난 게 틀림없었다.

"왜 거짓말을 해? 얼마나 걱정했는지 알아?"

"아빠, 나도 잘못한 거 알아. 하지만 그럴 만한 이유가 있었다고……."

"나중에 이야기하자. 일단은 거기에 가만히 있어. 아빠가 지금 데리러 갈게."

"베일리가 버스 터미널로 자전거를 가져다주기로 했어. 내일 아침에 집으로 가는 버스표도 이미 예매해 놓았고. 오늘 밤은 근처 호텔에서 묵을 거야."

이런 방식이 좋지 않다는 건 나도 알고 있었다. 하지만 이건 온전히 내 계획이었으니까, 처음부터 끝까지 스스로 해내고 싶었다.

잠시 동안 침묵이 흘렀다. 어쩌면 아빠가 허락해 줄지도 모르겠다는 생각이 들었다.

아빠는 소리를 지르는 대신 깊게 한숨을 쉬었다.

"캐시, 아빠에게 거짓말할 필요 없어."

나는 지난 말들이 떠오르며 눈물이 핑 돌았다.

"아빠가 엄마랑 가면 안 된다고 말했잖아. 나는 분명히 말했다고. 근데 아빠가 안 된다고 했잖아. 나는 아빠한테 기회를 주었어."

"그래, 캐시. 미안해. 그럼 호텔 이름만 좀 알려 줘. 이따 이야기하자."

나는 엄마를 택시에 태웠다. 엄마를 바라보면서 아빠가 얼마나 화났는지, 내가 아빠를 얼마나 실망시켰는지 생각하지 않으려고 애썼다. 엄마의 삶이 조금이나마 행복했다면 그걸로 되었다는 생각이 들었다.

내가 할 수 있는 전부를 했다. 돌아가는 길에 어떤 문제가 생기더라도, 오늘 일을 엄마가 잊어버리더라도 괜찮을 것 같았다. 우리는 이곳에서 해냈으니까. 오롯이 엄마를 위해서.

호텔에 도착해서 체크인을 했다. 얼마 남지 않은 음식을 배낭에서 꺼내어 탁자 위에 올려 두었다. 저녁으로 엄마에게 땅콩버터 잼을 바른 샌드위치를 주고, 나는 크래커를 먹었다. 엄마는 샌드위치를 두 개째 먹으며 창가 아래로 내다보이는 수영장을 주시했다.

"나, 수영하러 갈래."

아직 수영복이 축축했지만 엄마는 개의치 않았다. 어쩔 수 없이 엄마와 함께 수영장으로 내려갔다. 입구에는 아무도 없었다. 안내판에는 '운영 시간 : 오전 9시 ~ 오후 8시'라고 적혀 있었다. 휴대폰을 보니 아직 시간이 좀 남아 있었다.

엄마는 일 초도 망설이지 않고 물속으로 뛰어들었다. 우리가 기념품점에서 샀던 해나 인형도 엄마와 같이 물속으로 들어갔다. 나는 가장자리에 서서 잔물결에 어른거리는 빨간색과 주황색의 수영복을 바라보았다. 엄마는 꽤 오랫동안 수영장 바닥에 머물렀다. 마치 돌고래를 기다리기라도 하는 듯이.

7시 52분. 엄마는 여전히 물속에 있었다. 이쪽 끝에서 저쪽 끝으로 수영을 하면서 이따금씩 수영장 바닥을 발로 툭툭 찼다. 해나 인형은 엄마한테서 일찌감치 떨어져 나와 한쪽에 얌전히 누워 있었다.

내가 있는 쪽으로 엄마가 다가왔을 때, 손바닥으로 물을 탁탁 치며 엄마의 주의를 끌어 보았다.

"엄마, 이제 나가야 해."

하지만 엄마는 고개를 내밀어 숨을 한번 크게 쉬더니 다시 물밑으로 들어가 버렸다. 내 말을 완전히 무시한 채 쉬지 않고 수영을 했다.

그냥 데리고 나가지 말까. 문득 엄마가 물속에서 영원히 나오지 않으면 좋겠다고 생각했다. 엄마가 가장 원하는 거니까.

아빠가 옳았는지도 모른다. 엄마를 여기에 데려오지 말걸. 이제 엄마에게 남은 건 무엇일까. 집으로 돌아가면 엄마는 종일 소파에 앉아 치즈와 크래커를 먹으면서 텔레비전만 보겠지. 그러다가 모하비 사막 요양원으로 떠나는 건가. 이게 우리 이야기의 끝인 것 같다.

어쨌든 지금은 아니다. 나는 고개를 흔들었다. 그러고는 물속에 손을 담근 채 기다렸다가 엄마가 멀어지려는 순간에 발목을 꽉 잡았다.

"엄마, 진짜 나가야 해! 8시라고!"

하지만 엄마는 내 손을 뿌리치고 앞으로 헤엄쳐 갔다. 나는 주차장 쪽을 살피며 전조등 불빛을 찾았다. 아빠가 곧 올 것 같았다.

"저기……."

호텔 로고 셔츠를 입은 여자가 수영장 입구에 서 있었다.

"이제 문을 닫아야 해요. 내일 아침에 오세요."

"아, 네. 죄송합니다."

여자는 무심히 가 버렸다. 나는 엄마가 다시 오기를 기다렸지만, 엄마는 수영장 바닥 깊은 곳에서 계속 버티고 있었다.

"엄마, 진짜 나가야 한다고……."

눈물이 날 것만 같았다. 나는 신발을 벗고 물속으로 들어갔다. 물은 허리 정도까지 차올랐다. 생각보다 차가웠다. 물속에 서서 엄마를 기다렸지만 당연하게도 내 쪽으로는 오지 않았다. 실내등에 비친 엄마의 실루엣이 수영장 한가운데서 흐릿하게 보였다.

엄마는 거의 일 분 이상 잠수하다가 물 위로 올라와 깊은숨을 내쉬었다. 그러고는 다시 물속으로 들어가기를 반복했다. 나도 숨을 들이마시고 물속으로 들어갔다. 추웠다.

바닥으로 내려가자 더 추웠다. 이상한 생각이 들었다. 엄마의 피부 세포는 바다 동물처럼 표피가 두꺼운 게 아닐까. 그래서 태어날 때부터 추위를 견딜 수 있도록 만들어진 게 아닐까.

한참 만에 엄마를 찾았다. 나는 엄마만큼 수영을 잘하지 못했다. 물속에 들어가서야 비로소 엄마가 얼마나 빠른지를 알아차렸다. 그날이 정말로 온다면, 엄마랑 나란히 수영을 할 수 있을까.

엄마는 팔을 쭉 펴고 엉덩이와 다리를 위아래로 움직이면서 돌고래처럼 유연하게 수영했다. 가까스로 엄마 발꿈치에 내 손이 닿았지만 아슬아슬하게 미끄러졌다. 발바닥이 하도 하얘서 마치 유령을 보는 것 같았다. 그때 엄마가 머리를 물 밖으로 내밀고서 하늘을 향해 물을 뿜어 냈다. 이러다 엄마 옆구리에서 가슴지느러미가 자라날 것만 같았다.

나는 다시 잠수했다. 내 실력으로는 엄마를 따라잡을 수가 없었다. 행운이 필요했다. 무슨 수를 써서든 엄마를 수영장 밖으로 끌어내야 했다.

온 힘을 다해 빠르게 따라갔지만 엄마는 훨씬 더 재빨랐다. 나는 조금씩 지쳐 갔다. 수영장 벽 한쪽으로 팔을 뻗은 채 얼굴을 기대었다. 몸에 쩍 달라붙은 겉옷이 묵직하게 느껴졌다. 어떻게 해야 할지 몰라서 팔에다 얼굴을 한참 파묻고 있다가 고개를 들고 펜스 너머 주차장을 바라보았다. 아빠의 흰색 차는 아직 보이지 않았다.

나는 숨을 크게 들이마시고는 물속으로 다시 들어갔다. 수면 위로 물방울이 몽글몽글 생겼다. 다시 한번 다리에 있는 힘껏 힘을 주고서 물속에 있는 엄마를 찾았다. 엄마의 하얀 발바닥이 달처럼 뽀얗게 반짝거렸다.

나는 엄마 발을 향해 손을 뻗었다. 겨우 발을 붙잡았지만 엄마는 나를 매단 채로 계속 수영을 했다. 뒤로 눕다시피 해서 당겨 보았지만 도저히 숨을 참을 수가 없었다.

결국 나는 울기 시작했다. 내 눈물이 수영장 물과 섞였다. 나는 물 밖으로 나와 소리쳤다.

"엄마, 엄마를 보낼 수 없어! 내 옆에 있어 줘!"

내가 울부짖는 소리를 들은 걸까. 갑자기 엄마가 수면 위로 올라왔다. 엄마는 가쁘게 숨을 내쉬었다.

아직은 나에게 엄마가 필요하다는 걸 엄마도 알아야 한다. 엄마가 내 이름을 불러 주기를 간절히 기다렸다.

"엄마."

나는 나지막이 엄마를 불렀다.

"엄마, 있잖아. 나 캐시야, 캐시."

찰나였지만 엄마 눈이 저 먼 곳이 아닌 나를 응시하는 것 같았다.

"캐시라고……."

나는 다시 한번 내 이름을 천천히 말했다. 하지만 엄마는 끝내 눈길을 돌렸다.

문이 열렸다. 아빠가 수건을 든 채 서 있었다. 아빠는 엄마를 먼저 물 밖으로 데리고 나갔다. 나는 울음을 참기 위해 무던히 애썼다.

"캐시."

잠시 후 아빠가 나에게 수건을 건넸다.

"미안해, 아빠."

"괜찮아, 일단 나가자."

아빠는 수건으로 내 몸을 감싸 주었다. 우리는 선베드에 누워 있는 엄마에게로 걸어갔다.

나는 엄마 가슴에 기대어 숨소리에 가만히 귀를 기울였다. 느리지만 고르게 뛰고 있었다.

이제 나도 숨을 쉬어야겠다.

나를 잊어버리지 마

엄마는 앉은 자리에서 포테이토칩을 세 개씩 집어 먹기 시작했다. 내가 샤워를 마치고 나오자 아빠는 매점에서 포테이토칩을 다섯 봉지나 더 사 왔다.

"엄마가 많이 배고팠나 봐."

그제야 나도 저녁을 거의 먹지 않았다는 사실이 생각났다. 나는 도리토스 봉지를 집어 들고 휴대폰을 꺼냈다.

"아빠, 이것 좀 봐."

나는 해나와 찍은 엄마 사진들을 보여 주었다. 물속이라 뿌옇고 흐린 이미지가 많았다. 다행히 엄마와 해나가 머리를 물 밖으로 함께 내밀고 있는 사진도 있었다. 엄마와 해나 모두 웃고 있었다.

"재미있어 보이네. 나, 수영 정말 많이 했지?"

엄마가 새 포테이토칩 봉지를 뜯으며 말했다.

마지막 사진은 진짜 운 좋게 찍혔다. 한쪽에는 엄마 손이 수면을 뚫고 나와 있었고, 다른 한쪽에는 해나의 지느러미가 살짝 나와 있었다. 마치 멈춰진 시간 속에서 둘이 인사를 나누는 것 같았다.

나는 엄마의 모든 순간을 기억하겠다고 다짐했다.

쉽지는 않았다. 다만 그때그때 최선을 다하는 것뿐.

엄마가 포테이토칩을 먹으며 물었다.

"나, 돌고래 잘 따라잡았어? 같이 수영하는 것 같았어?"

"응, 정말 엄청났어."

"다행이네."

엄마는 새로 사 온 포테이토칩까지 싹 비운 후에야 욕실로 샤워를 하러 들어갔다. 아빠가 침대 모서리에 앉으며 말했다.

"오늘 아침에 모하비 사막 요양원에서 전화가 왔어. 가을쯤에 자리가 날 것 같다고. 다음 주쯤 가서 살펴볼 생각이야."

"나도 가야 해?"

도리토스 봉지에는 부스러기만 남아 있었다.

"꼭 그래야 하는 건 아니고."

"좋은 곳이겠지?"

"그렇다고 들었어."

"엄마를 잘 돌봐 주겠지?"

"그럼, 그래야지."

"만약 잘 못 돌봐 준다면?"

"엄마를 도로 데리고 나와야지."

아빠는 욕실 문을 살짝 열고 엄마가 괜찮은지 확인했다.

"엄마가 없는 집은 지금이랑 완전히 다를 거야."

"나도 알아."

나는 바닥에 떨어진 해나 인형을 집어 들었다. 아빠가 손을 내밀었다. 아직 축축한 해나 인형을 건네주었다.

"엄마를 시설에서 살게 하는 건 말이지. 엄마의 안전도 안전이지만 우리 생각도 한 거야. 너는 이기적으로 들릴지 모르겠지만 엄마는……."

"더 좋아지지 않을 거니까?"

"응, 엄마를 돌보는 게 점점 더 힘들어질 거야."

아빠는 해나 인형을 가슴에 꼭 안았다.

"그냥 허락해 줄걸……. 오늘 나도 너랑 함께 왔어야 했는데……. 그래도 엄마를 데리고 와 주어서 고마워. 모두 무사해서 다행이야."

아빠는 내 이마에 천천히 입을 맞추고는 엄마를 돕기 위해 욕실로 들어갔다. 나는 텔레비전을 켜고 자연 다큐멘터리가 나오는 채널을 찾았다.

샤워를 마친 엄마는 잠옷 차림으로 침대에 누웠다. 엄마와 아빠는 마코앵무새들이 이 나무에서 저 나무로 날아다니는 장면을 보다가 이내 잠이 들었다.

엄마는 여전히 내 이름을 말하지 않는다. 나는 돌고래와 수영하는 기쁨이 너무너무 대단해서 엄마 머릿속 어딘가에 숨어 있던 기억의 연결고리가 반짝 이어질 줄 알았다. 그래서 어쩌면 '캐시'라는 이름을 생각해 낼지도 모른다고 기대했다.

엄마가 아무리 많은 걸 잊어버려도, 여전히 엄마는 엄마다. 모든 기억이 사라져도.

나는 지금 엄마와 함께 있다. 나는 계속해서 이 사실을 기억해야 한다.

다음 날 아침, 집에 오자마자 내 방으로 가서 엄마 서재에서 가져온 사진 뭉치를 꺼냈다. 그중에서 내가 쓰고 싶은 사진들을 골라서 복사했다. 샌디에이고에서 찍은 사진도 골랐다. 나는 계속해서 사진을 복사하고 잘랐다. 이미지들이 수북하게 쌓였다. 나는 풀을 가져와서 기억의 조각들을 이어 붙였다.

내가 만든 콜라주를 엄마에게 가져가 보여 주었다. 엄마는 사진에 손가락을 가만히 대었다. 나는 얌전히 기다렸다. 엄마의 눈길이 사진을 따라 움직였다.

'제발, 내 이름을 불러 줘.'

하지만 엄마는 '캐시'를 찾지 못했다. 최선을 다했지만 별수가 없었다.

엄마가 옆으로 몸을 살짝 기울였다. 텔레비전 화면을 내가 막고 있어서였다. 나는 한숨을 쉬며 내 방으로 돌아왔다.

콜라주를 바닥에 내려놓고 침대 밑으로 밀어 넣으려는 순간, 사진 한 장이 내 눈에 띄었다. 내 발 사진이었다, 축구공에 대고 있는.

'맞다, 베일리.'

잊고 있었다. 버스 터미널에서 분명 나랑 엄마를 기다리고 있을 텐데. 베일리에게 미처 연락하지 못했다.

나는 가방을 집어 들고는 방문을 박차고 나왔다.

"베일리한테 다녀올게! 금방 올 거야!"

나는 차 범퍼를 살펴보는 아빠에게 있는 힘껏 소리쳤다.

슈퍼마켓에 들러, 매운 라임 맛 타키 두 봉지를 샀다.

베일리네 집에 도착하자 현관에 놓인 자전거 두 대가 보였다. 가쁜 숨을 몰아쉬며 현관문을 노크하는 동시에, 타키 봉지를 높이 들어 보였다. 하지만 나를 맞은 건 로레나 할머니였다.

"캐시 왔구나. 어서 들어와."

로레나 할머니는 곧장 주방으로 들어갔다.

"할머니, 저 배 안 고파요."

"호박 빵 한 조각도 안 되겠어? 오늘 아침에 만들었는데."

"괜찮아요. 베일리랑 할 말이 있어서요."

"온종일 방에서 나오지도 않고 혼자서 우울해하더라. 베일리답지 않게 말이야. 네가 밖에 데리고 나가서 바람 좀 쐐 줄래?"

"그럴게요."

로레나 할머니가 베일리 방문을 두드렸다.

"손님이 왔는데 안 나와 보니?"

"그냥 가라고 해요. 학교에서 이야기하자고요."

로레나 할머니는 한발 뒤로 물러나더니 나에게 말했다.

"여기서 잠깐 기다려 봐."

그러고는 베일리 방으로 들어갔다. 곧이어 스페인어로 말하는 소리가 들렸다. 무슨 말씀을 하는지 알아들을 수는 없지만 아마도 베일리를 설득하고 있는 것 같았다.

이윽고 방문이 열렸다.

"이제 들어가 봐, 캐시."

베일리는 침대에 앉아 등을 돌린 채 축구공을 위로 통통 던지고 있었다.

"자전거 찾으러 온 거면……."

"아니야, 고맙다고. 버스 터미널에 데려다주어서 고마워. 그리고…… 약속 어겨서 미안해."

나는 침대 끝에 앉았다.

"엄마가 돌고래랑 수영을 했어. 그리고 아빠가 데리러 왔고."

그제야 베일리가 나를 돌아보았다. 베일리는 울고 있었다.

"기다렸단 말이야. 터미널 안에 들어가서 버스가 늦게 도착하는 건지 물어보기도 했고. 혹시 오다가 고장이라도 났을까 봐 걱정했다고. 그러다 버스가 왔는데, 아무리 기다려도 네가 내리지 않잖아."

"전화한다는 걸 깜박했어……."

"그럼 안 되지. 캐시, 넌 나를 잊으면 안 돼. 다시는 그러지 마."

순간 베일리가 축구공을 손에서 놓치자 벽 쪽으로 데구루루 굴러갔다.

"너희 엄마가 아프다는 것도 잘 알고, 엄청 슬픈 일이라는 것도 잘 알아. 하지만 나는……."

"아니야. 맞아, 네 말이 다 맞아. 내가 잘못했어."

나는 축구공을 집어서 베일리에게 주었다.

"말했잖아. 항상 내 곁에 있어 주어서 고맙다고. 고마워, 베일리. 나를 용서해 주면 좋겠어. 더 나은 친구가 되도록 노력할게. 그리고 이건, 너 주려고 산 거야."

나는 타키 봉지를 침대에 올려놓고는 방문을 조심히 닫고 밖으로 나왔다. 로레나 할머니가 집에 가져가서 먹으라며 호박 빵 한 덩어리를 싸 주었다.

집으로 돌아오면서 마음속으로 다짐했다. 이제부터 베일리가 네이던, 마리사, 다이애나와 동그랗게 서 있는 원 안에 나를 끼워 주지 않더라도 절대 원망하지 않겠다고.

불가피한 길에서

나는 엄마랑 아빠와 함께 모하비 사막 요양원에 가 보았다. 내부는 아파트처럼 침실과 작은 거실, 욕실이 있었다. 뒤쪽으로는 나무 울타리가 높게 둘러쳐진 자그마한 베란다도 있었다. 엄마를 도와줄 의사 선생님들과 간호사 선생님들이 상주했다. 소파나 의자 같은 가구도 잘 갖추어져 있었다.

"마음에 들어, 여보?"

아빠가 엄마에게 물어보았다.

아빠는 엄마가 고개를 끄덕이든 간단히 대답하든 간에, 어떤 식으로든 반응하기를 기다렸다. 아빠의 오랜 습관이었다. 자기 생각을 말하기 전에 언제나 엄마의 의견을 기다렸다.

하지만 이번 결정은 엄마가 내린 게 아니었다. 순전히 아빠의 결정이었다. 아빠는 엄마가 긍정적인 대답을 해 주기를 바라는 것 같았다. 그래야 아빠가 내린 결정의 무게가 조금은 가벼워질 테니까.

나는 작고 딱딱한 소파에 앉아 보았다. 우리 집 거실에 있는 소파와 비슷한 걸로 새로 사는 게 낫지 않을까. 나는 아빠를 도와서 엄마 짐을 싸야겠지. 이곳에 엄마 짐이 다 들어올 수는 없을 것 같다. 그래도 엄마의 유리 돌고래들, 내가 지금까지 짝을 맞추어 붙인 돌고래들은 함께 넣어 주어야지.

나는 눈을 감았다. 엄마가 거처를 옮기는 날, 현관 옆에는 짐 가방이 몇 개 놓여 있을 것이다. 나도 그중 하나를 들어 차로 옮기겠지. 그날 아침은 아주 사소한 행동조차 너무나 중요할지도 모른다. 지난 일 년간의 일들보다 훨씬 더……. 마음이 텅 빈 것 같으면서도 한없이 무거워질 것 같다.

마침내 차가 출발하면 나는 엄마 뺨에 입을 맞출 것이다. 엄마는 아무런 반응이 없겠지만, 단 한 번이라도 내 이름을 불러 주기를 바라면서. 나는 눈을 감고 엄마가 내 이름을 부르는 소리를 기억해 내려고 애쓸 것이다. 나는 "사랑해, 엄마."라고 속삭일 것이다. 아빠는 "사랑해, 여보."라고 말할 것이다. 우리는 매일 엄마를 찾아오겠다고 약속할 것이다.

아빠가 나를 향해 몸을 돌렸다.

"괜찮은 것 같네. 나쁘지 않지?"

"응, 아늑해."

우리는 요양원에서 나와 차를 탔다. 엄마는 내 옆에 앉았고, 나는 엄마 손을 꼭 잡았다.

"지금으로서는 최선이야. 그렇지?"

아빠가 내 대답을 정말로 원하는 건지, 혼잣말을 하는 건지 알 수가 없었다. 사실 나는 엄마가 우리 집에 있는 게 최선이라고, 이곳에 엄마를 데려다 놓으면 우리가 버리는 것만 같다고 말하고 싶었다.

"잘 모르겠어."

"그래."

아빠는 앞 유리창을 가만히 응시했다.

"아빠도 어떻게 해야 좋을지 잘 모르겠어."

그때 차창 밖의 무언가가 엄마의 시선을 사로잡았다.

"수영장이다!"

엄마가 외쳤다. 엄마는 월마트 앞에 펼쳐 놓은 에어 풀장을 가리켰다.

"저거 하나만 갖고 싶어."

아빠는 잠시 생각하더니, 차를 돌려 월마트 주차장으로 들어갔다. 월마트 입구에는 풀장 세트 상자가 가득 쌓여 있었다. 아빠는 그중 하나를 집어 계산대로 향했다.

"엄마 잘 따라다녀."

아빠가 나를 보며 당부했다. 엄마는 텔레비전에서 광고하는 물건들을 판촉하는 통로에서 서성였다. 전자 제품에다 장난감,

퍼즐도 있었다. 엄마는 가을 풍경이 그려진 상자를 가리켰다.
"곧 추수 감사절이야. 칠면조 고기를 준비해야 해."
"아직 좀 남았어, 엄마. 준비할 시간은 많아."
"고기 속은 직접 만들 거지? 그게 제일 중요하거든."
"어떻게 만드는지 몰라. 파이 만드는 법부터 가르쳐 줘."
엄마는 꽤 만족스러운 듯했다. 다음 통로에서 검은색 감초 상자와 후추를 집었다.
"칠면조 고기는 크기가 정확해야 해. 너무 크면 오븐에 안 들어가거든."
"4.5킬로그램, 맞지?"
"응, 그리고 콩도 좀 사야 하는데. 그냥 통조림 콩을 사다가 데울까 봐."
"캐시?"
풀장 세트 상자를 차에 실어 두고 온 아빠가 마트 입구에서 나를 불렀다. 나는 엄마가 어느샌가 집어 든 사탕을 아빠에게 얼른 건네주었다. 자동문이 열리자 엄마가 마트 밖으로 나갔다. 아빠는 나에게 차 키를 던져 주고는 계산대에 줄을 섰다.
엄마는 어떤 아이가 간이 회전목마를 타는 모습을 물끄러미 지켜보았다. 회전목마에서 흘러나오는 음악이 늘어져서 음정이 부정확했다. 하지만 아이는 상관없다는 듯 분홍색 말을 타고 빙글빙글 신나게 돌고 있었다.
"엄마, 나한테 차 키 있으니까 차에 가고 싶으면 말해."

"정확한 크기의 칠면조 고기를 사는 게 중요해. 잘 알아 둬. 근데 분명 고기가 남을 거야. 그럼 식빵에 마요네즈를 바른 다음에 칠면조 고기를 넣고 샌드위치를 만들면 돼. 시간이 걸리더라도 아빠가 정확한 크기의 칠면조 고기를 샀는지 꼭 확인해."

어쩌면 엄마의 말은 곧 현실이 될지도 모른다. 하지만 나는 엄마가 이런 식으로 말하는 게, 가까운 미래에 엄마가 우리 곁에 없을 것처럼 말하는 게 싫었다. 엄마는 지금 엄마만의 방식으로 "캐시, 어차피 다가올 일이야. 익숙해져야 해. 그래야 엄마가 없을 때 덜 힘들지."라고 말하고 있는지도 모른다. 하지만 절대로 덜 힘들 수 없다. 엄마가 없는 건 나에게 아주아주 힘든 일이다.

나는 뒷자석에 엄마부터 앉히고 나서 차에 올랐다. 엄마는 내 다리에 손을 얹고 어깨에 기대었다. 우리는 유리창 밖을 가만히 응시했다. 저녁노을 너머로 달이 은은하게 비쳤다. 길을 건너면 바로 사막이었다. 엄마와 나는 사막을 바라보았다.

너무나 조용했다. 나는 울고 싶지 않아서 신디 로퍼의 〈여자들은 단지 즐겁게 살고 싶어〉를 흥얼거렸다. 처음에는 속삭이듯 소리를 낮추었다가 이내 큰 소리로 불렀다. 엄마도 따라 불렀다.

그때 트렁크가 열리는 소리가 딸깍 났다. 나는 차에서 얼른 내려 아빠가 짐 싣는 걸 도왔다.

"별일 없었지?"

"응, 괜찮았어."

지금 이 순간 괜찮았던 건 엄마가 오븐에 딱 맞게 들어갈 크기의 칠면조가 몇 킬로그램인지 기억했다는 것, 내가 좋아하는 칠면조 샌드위치를 어떻게 만드는지 기억했다는 것이다. 물론 엄마가 〈여자들은 단지 즐겁게 살고 싶어〉의 가사를 기억했다는 것도 괜찮았다.

우리 집 뒷마당 베란다에 에어 풀장이 설치되었다. 엄마와 나는 수영복으로 갈아입고서 서로를 마주 보며 앉았다. 물 위에는 고무 돌고래들이 둥둥 떠다녔다. 때로 돌고래가 엄마 발에 부딪히기도 했다. 물은 조금 차가웠지만 태양은 아직 따사로웠다. 야외 테이블에는 오렌지주스와 베이글이 놓여 있었다.

아빠는 해변용 의자에 앉아 엄마를 가만히 바라보았다. 안도감과 슬픔이 모두 묻어 있는 표정이었다. 두 손으로 꽉 쥐고 있던 것을 마침내 놓아 버린 것 같은, 그래서 모든 조각이 낱낱이 흩어지는 걸 그저 망연히 바라보는 듯한 얼굴이었다.

내가 돌고래를 엄마에게 보내 주면, 엄마는 나에게 다시 보내 주었다. 아빠는 베이글을 먹었다. 저 아래에서 희미하게 들려오는, 나지막하면서도 행복한 음악 소리만 제외하면 사방이 매우 조용했다.

나는 돌고래 안을 물로 채운 뒤 엄마를 향해 찍 눌렀다. 작은 구멍으로 물이 쭉 삐져나왔다. 엄마도 돌고래를 잡더니 똑같이 물을 가득 채웠다.

의사 선생님이 아빠에게 진행을 늦출 수는 있지만 치료법이 없어서 불가피하다고 말한 적이 있었다. 그때 나는 '불가피하다'는 단어를 찾아보았다. 그 뜻은 '반드시 일어나게 되어 있어서 피할 수 없다'였다. 그러니까 우리가 할 수 있는 게 아무것도 없다는 뜻이다.

엄마는 나에게 아무리 사소하더라도 상황을 나아지게 할 수 있는 방법은 언제나 있다고 가르쳐 주었다. 엄마 스스로 결정한 거라면 어땠을까. 엄마는 매일 아침 하늘에 대고 손가락 끝으로 '캐시'라고 써 주었을 것이다.

가장 힘든 순간은 엄마를 두고 집으로 돌아올 때가 아닐까. 나는 집 안 구석구석, 그리고 이 방 저 방에서 사라진 것을 차마 찾지는 않을 것이다.

나는 계속해서 엄마를 생각할 것이다. 직원들이 가져다주는 음식을 먹고 텔레비전을 보고 있을 엄마를.

엄마가 우리와 함께 살던 집에 있다고 생각하기를 바란다. 그리고 산을 생각하고, 바다를 생각하기를 바란다.

엄마가 물 위로 돌고래를 밀어 보냈다. 나는 돌고래를 아주 잠깐 손으로 부드럽게 잡았다가 엄마에게 다시 보냈다.

깜깜한 하늘에 빛나는 별

그날 밤, 현관문이 열리는 소리에 잠이 깼다.

엄마는 정원 한쪽에 서서 팔짱을 낀 채 산을 바라보고 있었다. 자못 쌀쌀했지만 하늘은 맑았다. 별이 너무 가까워서 금세라도 하늘에서 떨어질 것만 같았다.

"우리, 한 번도 정상까지 가 본 적이 없네. 그렇지?"

엄마가 물었다.

"내일 가면 되지."

"그래, 꼭대기까지 등산로가 분명히 있을 거야. 내일 일찍 나서자."

어느새 아빠가 곁에 와 있었다. 문이 열리는 소리를 듣고 아빠도 잠에서 깬 게 분명했다.

"내가 출발 지점까지 데려다줄게."

"아빠, 내일 출근 안 해?"

"응, 안 해도 괜찮아. 내일 가자."

엄마가 아빠와 나 사이에서 팔짱을 끼었다. 우리는 내일 오를 산을 쳐다보았다. 이미 산을 오른 것 같은 기분이 들었다.

나는 엄마 덕분에 내가 아주 많이 용감해졌다고 말해 주고 싶었다. 비록 엄마는 다 기억하지 못한다 해도 나는 모두 기억하고 있다고, 육 개월 전만 해도 버스를 타고 먼 곳에 갈 수 있으리라고는 상상도 못 했다고, 엄마의 버킷 리스트를 내가 이루게 해 줄 줄은 몰랐다고……. 꼭 말해 주고 싶었다. 하지만 입안에서만 맴돌 뿐 정작 다른 말이 튀어나왔다.

"우리, 내일 먹을 건 뭘 가지고 갈까?"

이것만으로도 충분했다.

바람이 불었다. 출발 지점부터 회색 구름이 계곡을 뒤덮었다. 엄마는 음식과 물을 충분히 준비했는지, 집에서 나오기 전에 불은 다 껐는지, 연거푸 잔소리를 쏟아 냈다. 아빠는 일일이 대답하며 엄마를 안심시켰다.

중간쯤 지났을까. 엄마가 갑자기 멈춰 서서 계곡 아래를 내려다보았다.

"저기 보여? 저쪽, 바다 말이야."

엄마가 우리에게 물으며 사막을 가리켰다.

"바다? 지금 어디를 보고 있는 거야?"

"물이 참 아름답지 않아?"

엄마가 다시 물었다. 아빠는 사막 쪽을 지그시 바라보았다.

"정말 그러네. 진짜 아름답네."

우리는 꼭대기까지 가지 못했다. 엄마는 돌연 방향을 바꾸더니 집에 가고 싶다고 말했다. 우리는 뒤돌아 집으로 내려왔다.

집에 도착해서 엄마는 점퍼도, 등산화도 벗지 않았다. 바로 의자에 앉아서 텔레비전을 켰다.

예술제 출품 마감일이 지났다. 그리고 그다음 주 화요일, 방과 후 미술반에서 친구들 작품을 미리 보았다.

지 선생님이 파란색 커튼을 가리켰다.

"벽화는 오픈 하우스 때 공개할 거야."

아이들이 제출한 작품은 대부분 스케치 아니면 수채화였다. 꽃도 있었고, 자화상도 있었고, 풍경화도 있었다. 빨간색 헛간을 배경으로 해바라기 꽃밭을 그린 작품도 있었다.

베일리는 줄 끝에 서 있었다. 베일리가 내 시선을 끌기 위해 손을 흔드는 게 보였다. '네 작품은 어디에 있어?'라고 베일리가 입 모양으로 물었다. 나는 고개를 저었다.

쉬는 시간에 스케치북과 해바라기 씨를 들고 벤치에 앉아 있는데, 베일리가 그리로 찾아왔다. 나는 해바라기 씨 봉지를 뜯었다.

"네 작품은 어디에 있냐고."

베일리의 손가락이 매운 라임 맛 가루로 빨갛게 물이 들어 있었다.

"나한테 화난 줄 알았는데."

"화났어. 근데 말 돌리지 말고."

"오늘은 축구 안 해?"

"또 말 돌린다."

베일리가 타키 봉지를 구겼다.

"뭔데? 혹시 제출 안 한 거야?"

"응."

"왜?"

나는 해바라기 씨를 꺼내 입속에 털어 넣었다. 어떤 식으로든 베일리에게 대답을 해야만 했다.

"내고 싶지 않아서."

"정말?"

"정말!"

나는 껍질을 손에 뱉은 뒤 쓰레기통 쪽으로 걸어갔다.

"나한테 화난 줄 알았는데."

다시 베일리의 질문 공세를 피할 수 있는 구실을 꺼냈다.

"그래, 화난 거 맞아. 하지만 왜 예술제에 아무것도 안 냈는지를 묻고 있잖아."

"만들기는 했어. 근데, 소용이 없더라고."

베일리는 더 물어보고 싶은 표정이었지만 짐짓 나를 내버려 두었다.

"베일리, 그날 못 간다고 말하는 걸 잊어버려서 정말 미안했어. 아니, 그 전에 많은 것들이 다 미안했어. 우리 엄마가 아픈 것도, 내가 좋은 친구가 되어 주지 못한 것도……."

"이미 다 사과했잖아. 그만해. 나는 널 믿으니까."

수업종이 울렸다. 베일리와 나는 맨 끝줄에 함께 섰다. 베일리는 타키를 우걱우걱 먹다가 선생님에게 들켜서 타키 봉지를 버리고 오라는 말을 들었다.

"뭐라도 만들었으면 예술제에 내 봐."

나는 고개를 끄덕였다.

돌봄 교실에서 수학 문제를 풀다가 물병을 꺼내서 돌고래들을 이리저리 움직여 보았다. 돌고래 지느러미에 적힌 내 이름이 물병을 따라 같이 움직였다.

지 선생님은 곱셈을 보면 '가능성'이라는 단어가 떠오른다고 말했다. 이런저런 생각에 빠져 곱셈 문제를 풀다가 우연히 고개를 들었는데, 교실 문 쪽에 베일리가 서 있었다. 나는 연필을 툭 떨어뜨렸다.

"왜 여기 있어?"

베일리는 대답 대신 손을 내밀었다. 베일리는 내가 만든 콜라주를 들고 있었다.

"콜린스 아주머니가 들어가게 해 주셨어. 아마도 침대 밑에, 너희 엄마 초상화를 둔 곳에 같이 있지 않을까 했지."

"마감일은 지난 금요일이었어."

"지금도 낼 수 있는지 물어볼 수는 있잖아. 내가 물어볼게."

"도대체 왜 이렇게까지 하는 거야?"

"왜냐하면 우리는 친구니까. 친구는 서로 돕는 거야. 그리고 토요일마다 혼자 자전거 타는 것도 이제 지겨워."

베일리가 슬며시 미소를 지었다.

나는 내가 할 수 있는 유일한 말을 했다.

"고마워."

오픈 하우스가 있는 날 저녁에 현관문을 두드리는 소리가 들렸다. 콜린스 아주머니였다.

"뭘 놓고 가신 거예요?"

"아니, 너랑 아빠가 올 때까지 여기에 엄마랑 있어 주려고."

아주머니는 늘 두던 자리에 가방을 두었다.

"엄마도 같이 가는 거 아니에요?"

"글쎄, 나는 잘 모르겠네. 아빠가 오늘 너희 엄마랑 함께 있어 주면 좋겠다고 하셔서."

콜린스 아주머니는 평소에 자기 생각을 말하지 않는다. 아주머니는 집 안을 깨끗하게 정리하거나 엄마를 돌보는 것이 자기 일이라고 말할 뿐이다.

그런 아주머니의 눈에도 내가 슬퍼 보였나 보다. 콜린스 아주머니는 내 어깨에 손을 올리고서 이렇게 말했다.

"그럼 아빠한테 이야기해 보는 게 어때?"

마침 아빠가 거실로 나왔다. 나는 아빠에게 진심으로 엄마와 함께 가고 싶다고 말했다. 학교는 지금의 엄마가 가기에 그리 좋은 장소는 아니라고 말해도 전혀 놀라지 않겠다고 속으로 다짐하면서.

"엄마가 소란이라도 피우면 어떡하니?"

"그럼 그냥 나오면 되지. 엄마랑 꼭 같이 가고 싶어."

아빠의 표정을 보아하니, 엄마는 집에 있는 게 좋겠다고 나를 설득할 태세였다.

"엄마랑 같이 가고 싶어. 어쩌면 마지막……."

이번에는 삼키지 못했다. 순간 아빠 눈에 슬픔이 어려서 괜한 말을 꺼냈나 싶었다. 하지만 효과는 확실히 있었다.

"콜린스 아주머니! 헛걸음하시게 해서 죄송합니다."

"괜찮아요. 걱정하지 마세요. 캐시 엄마가 꼭 가야죠."

아주머니는 환하게 웃으며 현관을 나섰다.

아빠가 엄마를 침실로 데려가서 옷을 갈아입혔다. 엄마는 제일 좋아하던 빨간색 드레스를 입고 나왔다. 정말로 아름다웠다.

우리는 교실에 갔다. 아빠는 내 책상을 살펴보았다. 엄마는 책상 사이를 지나 교실 전체를 돌아다녔다. 그리고 교실 뒤편 사물

함 위에 올려놓은 독립전쟁 프로젝트에서 멈춰 섰다.

"안녕하세요, 캐시 아버님."

지 선생님이 다가와 아빠에게 손을 내밀었다.

"캐시 어머님도 오셨군요. 안녕하세요? 오늘 두 분을 뵙게 되어 영광입니다."

선생님은 엄마에게도 악수를 청했다. 이상하리만치 조용했다. 아무 반응이 없자 선생님은 당황한 표정을 지었다.

"우리 엄마, 집에서도 종종 그래요."

나는 선생님이 무안해하지 않도록 재빨리 말했다. 선생님은 내 어깨에 팔을 얹고는 몸을 살짝 낮추었다.

"그렇게 말해 주어서 고맙구나."

"별말씀을요."

아빠가 선생님에게 말했다.

"캐시가 선생님 반이어서 참 좋다고 자주 얘기하곤 합니다."

"캐시가 우리 반이어서 오히려 감사하지요."

그때 베일리가 로레나 할머니와 소니아 언니를 이끌고 교실 뒷문으로 들어오는 게 보였다. 다 같이 인사를 나눈 후, 로레나 할머니는 게시판에 걸린 시를 읽고 있는 엄마를 발견했다.

"캐시 엄마!"

로레나 할머니가 엄마를 부르며 꼭 껴안았다. 나는 숨이 멎는 듯했다. 엄마가 어떻게 반응할지 예상이 안 되었다. 할머니가 누군지 기억이나 할까.

그런데 다행히 엄마가 미소를 지었다. 로레나 할머니는 평상시처럼 엄마를 대했다.

"수프랑 토틸라를 좀 가져다줄게요. 맨날 생각해 놓고 깜빡깜빡해요. 시간이 어찌나 야속한지."

로레나 할머니는 말을 멈추더니 아빠를 바라보았다.

"미안해요. 그런 뜻으로 말하려던 건 아닌데……."

"괜찮아요, 우리 가족이 할머님 수프를 얼마나 좋아하는데요."

베일리가 내 옆구리를 쿡 찔렀다.

"예술제에 갔다 왔어? 엄마, 아빠가 뭐라고 하셔? 우리 할머니는 '캐시는 이 작품에 영혼을 담았구나. 훌륭한 예술 작품이야.'라고 하시더라."

"할머니는 요리가 예술이잖아. 콩 요리에 영혼을 담으시지."

우리는 함께 깔깔 웃었다.

"벽화가 꽤 잘 나왔어. 각자의 작품이 다 다른데도 색깔과 이미지가 서로 연결이 되더라."

"그게 선생님의 목적이었겠지?"

"그런가 봐."

우리 가족은 베일리네 가족과 인사를 나눈 뒤 예술제를 보러 갔다.

"내 작품이야, 어때?"

아빠는 콜라주를 한참 동안 가만히 바라보았다. 그리고 제목 〈기억의 조각들〉을 소리 내어 읽었다.

"엄마야, 수영하는……."

아빠의 시선은 가운데에서 시작해서 엄마를 둘러싸고 있는 전체 사진들로 옮겨 갔다. 내가 계획한 대로 찬찬히 보았다.

"아름답구나, 캐시. 지금껏 그린 작품들과는 좀 다르지만 깊이도 있고. 적어도 아빠 눈에는 여러 층의 감정이 보이네. 아주 현실적인 것 같으면서도 몽환적인 면이 있어."

아빠가 전문가 같은 평을 내놓았다. 엄마는 수채 물감으로 그린 다른 추상화 앞에 있었다. 제목은 〈푸른 토네이도〉, 소용돌이치는 푸른색 붓 자국으로 온통 뒤덮인 그림이었다.

"역동적인 작품이네, 여보."

아빠가 말했다.

"네 작품, 거실에 있는 엄마 초상화 옆에 걸어 두는 거 어때?"

"일단 액자부터 사야 해. 얼마 전에 깨졌거든."

엄마가 그제야 내 작품을 바라보았다. 엄마는 집에서 하듯이 내 주변을 빙글 돌아 작품 앞에 서더니, 흐릿한 사진을 손으로 만져 보았다. 엄마 눈이 이미지들을 따라갔다. 나는 기다렸다. 엄마가 '캐시'라고 말해 주기를 간절히 기다렸다.

"엄마야, 수영하고 있는……."

나는 사진들을 한 장씩 가리키면서 우리가 어디에 있었고, 무엇을 했는지 설명해 주었다.

"이 사진은 우리가 바닷가에서 만든 모닥불이야. 이 사진은 우리가 바다에 처음 여행을 갔을 때야. 이 사진은 우리가 디즈니랜드에 갔을 때야. 그때 엄마가 '디즈니랜드까지 와서 미키마우스 모자를 사고, 모자에 우리 이름을 새겨 넣는 건 정말로 특별한 일이야.'라고 말했지. 이 사진은 우리가 16킬로미터 코스의 검은 사막 등산로에서 찍은 거야. 그리고 이 사진은 엄마가 내 나이쯤이었을 때 받은 트로피야. 엄마는 진짜로 대단한 수영선수였어."

"엄마는 여전히 대단하지. 우리가 여행을 참 많이 다녔구나."

아빠 목소리가 조금 갈라졌다.

"응, 지금도 얼마든지 갈 수 있어."

예술제 전시장을 나가기 전에, 우리는 마지막으로 벽화가 전시된 곳에 들렀다. 내 사와로 선인장 한가운데에는 외로운 엘프올빼미가 있었다. 사와로 선인장은 베일리의 작품에도 있었지만 크기가 조금 더 작았다. 베일리 말대로 모든 게 서로 잘 어우러져 있었다.

또 다른 패널에는 사막의 동물들이 살고 있는 풍경이 펼쳐졌다. 그리고 벽화 한중간에 놓인 패널에는 누군가 우리 학교와 우리 도시의 일부를 그려 놓았다. 색깔들도 따뜻함과 차가움이 적절하게 잘 조화되어 있었다. 만약 내가 고집한 대로 바다를 그렸다면, 전체 벽화와는 어울리지 않았을 것 같았다. 지금 벽화가 훨씬 더 좋다는 생각이 들었다.

집에 도착하자마자 아빠가 시동을 껐다. 엄마는 차 문을 열고 인도로 나섰다. 깜깜한 하늘에 초승달만이 빛나고 있었다. 가로등 불빛이 땅에다 기다란 그림자를 만들었다.

"집은 이쪽인데."

아빠가 엄마 팔을 부드럽게 잡아끌었다.

"여행을 떠나고 있는 거예요."

엄마가 아빠 팔을 홱 뿌리쳤다. 우리는 엄마를 따라 길이 끝나고 사막이 시작되는 곳에 이르렀다.

하지만 엄마는 여기서 멈추지 않았다.

"너무 어두워, 여보. 내일 다시 옵시다."

"예전에는 자주 여행을 가곤 했죠."

아까 내가 한 말 때문일까.

아빠는 엄마 옆에 바짝 붙어서 길이 평평한지 연방 땅을 살폈다. 캠핑용 의자를 숨겨 놓은 산쑥 덤불이 달빛을 받아 하얗게 빛나고 있었다.

"바로 눈앞이 협곡이야."

엄마는 신발을 벗고는 바닥에 누워 팔을 양옆으로 쭉 편 채 위아래로 움직여 '모래 천사'를 만들었다. 그만 일어나라고 아빠가 말릴 줄 알았는데, 웬일인지 그러지 않았다. 대신 엄마 옆에 누워서 엄마가 하는 대로 따라 했다. 엄마가 팔을 더 이상 움직이지 않자 아빠는 엄마 손을 꼭 잡았다.

두 사람은 눈을 꼭 감았다. 나는 그 옆에 앉아 무릎에 턱을 괴었다.

이곳에서는 협곡이 소리를 삼켜 메아리로 바꾸어 돌려주었다. 검붉은 하늘에서 별이 빛났다. 협곡 아래에서 강이 부르는 메아리가 사막의 공간과 바위를 뚫고 올라왔다. 물이 흐르는 소리가 마치 사람의 목소리 같았다. 그 소리를 제외하면 사방이 자못 고요했다.

나는 지금 이 순간에도 아주 작은 조각으로 부서지고 있는 것들을 생각했다.

아빠가 일어나더니 협곡 너머를 바라보았다.

"참 아름답다."

"그 아름다운 게 우리 집 앞에 있네."

"그러게 말이야."

아빠가 슬며시 미소를 지었다.

우리 이야기의 마지막을 그린다면 바로 지금이지 않을까. 우리는 서로 손을 잡았다. 협곡의 끝, 사막에서 지난 수백만 년 동안 그랬던 것처럼 무한히 빛나는 별을 조용히 바라보았다.

세상에서 가장 멋진 맛

토요일 아침이 되었다.

내 방 책상에는 막대기, 지우개 조각, 부러진 연필, 병뚜껑 몇 개가 있다. 모두 다 내가 새로운 것으로 변신시킬 물건들이다. 아, 그리고 아직 붙여야 할 돌고래들도 좀 있다.

현관문을 두드리는 소리가 들렸다. 콜린스 아주머니였다.

"캐시, 안녕."

"오늘 토요일인데요."

나는 오늘 베일리와 약속이 있어서 축구용 반바지와 티셔츠를 입고 있었다.

"그래, 하지만……."

아주머니는 곧장 주방으로 향했다.

"아빠한테 물어봐."

나는 아빠를 찾았다.

"오늘 왜 축구 유니폼을 입고 있니?"

내가 물어보기도 전에 아빠가 먼저 입을 열었다.

"베일리랑 공원에서 축구 하기로 약속했거든요."

"아, 그렇구나. 근데 오늘 너를 위한 깜짝 이벤트가 있는데."

나는 아빠를 따라 거실로 갔다.

엄마가 치즈를 바른 리츠 크래커를 들고 나왔다. 나는 엄마 뺨에 입을 맞추었다.

"지금 깜짝 이벤트에 대해 다 알려 줄 수는 없지만 대략 온종일 걸릴 거고 아침은 먹지 않을 거야. 베일리가 우리와 함께하고 싶다면 대환영이다."

아빠가 서둘러 밖으로 나갔다. 나는 혹시나 우리가 어디로 가는지 알 수 있을까 싶어서 블라인드를 열고 아빠의 뒤꽁무니를 보았다. 아빠는 차의 보닛을 열고 엔진 오일을 확인했다. 우리가 여행을 떠날 때면 아빠가 늘 하던 일이었다.

나는 베일리에게 전화를 걸었다. 로레나 할머니가 받았다.

"안녕하세요, 베일리 좀……."

"안녕, 캐시."

할머니에게 인사를 하자마자 베일리가 당겨 받았다.

"있잖아, 오늘 우리 공원에서 놀기로 했잖아. 근데 아빠가 무슨 깜짝 이벤트가 있대. 종일 걸릴 거라는데, 혹시 우리랑 같이 갈래?"

"좋지. 깜짝 이벤트는 언제나 환영이야!"

베일리가 흔쾌히 대답했다.

"그럼 삼십 분 안에 준비할 수 있어?"

"할머니한테 물어볼게."

로레나 할머니도 좋은 생각이라고 말해 주었다.

거실로 들어온 아빠는 엄마에게 입을 맞추고는 콜린스 아주머니를 찾았다.

"5시까지는 올게요. 감사합니다."

아빠는 청바지 뒷주머니를 툭툭 쳤다.

"준비됐지?"

"응, 준비 완료!"

밖으로 나오자 태양이 밝게 빛났다. 산을 보는 건 언제나 좋지만, 특히나 최고는 오늘처럼 짙은 녹음을 만들어 낼 때였다.

우리는 베일리를 데리러 갔다. 그다음에 아빠는 도넛 가게로 차를 몰았다.

"메이플 바 도넛을 사 가면 좋을 것 같아서. 일찍 문 여는 가게도 없을 것 같고."

아빠는 베일리 쪽으로 몸을 돌렸다.

"메이플 바, 좋아하니?"

"무조건이요. 저는 도넛이라면 다 좋아해요."

아빠는 가게에 들어가서 도넛 여섯 개를 주문했다.

"캐시, 혼자 다 먹으면 안 된다. 베일리랑 아빠랑 나눠 먹자."

아빠가 장난스럽게 말했다.

엄마도 메이플 바를 좋아했다. 카운터 뒤에서 점원이 도넛을 분홍색 상자에 넣는 것을 보고 있자니, 내가 처음으로 메이플 바를 먹었던 때가 생각났다.

메이플 바가 너무 맛없게 생겨서 먹기 싫었는데, 엄마가 "메이플 바도 도넛이야. 맛없는 도넛 본 적 있니?" 하면서 조금 뜯어 주었다. 그때 엄마는 "메이플 바를 먹어 보지 못했다면 세상에서 가장 멋진 맛을 모르는 거야."라고 덧붙였다.

나는 눈물을 참기 위해 숨을 깊이 들이마셨다. 내가 만든 콜라주를 떠올렸다. 아빠는 거실에 걸어 두자고 했지만, 내 생각에는 모하비 사막 요양원에 거는 것이 좋을 듯했다. 비록 엄마는 돌고래와 함께 수영한 것도, 우리가 같이 여행을 다녔던 것도 전부 기억하지 못하겠지만 콜라주를 볼 때마다 행복해할 것이다.

그거면 됐다. 엄마를 위해 만든 거니까. 우리의 콜라주는 여전히 아름다우니까.

"자, 맛있게 먹자!"

아빠는 분홍색 상자를 베일리와 나 사이에 놓아 주고는 냅킨을 한 움큼 건네주었다.

고속도로에 진입하면서 아빠가 라디오를 틀었다. 뉴스가 흘러나왔다. 나는 엄마가 해 준 것처럼 메이플 바를 조금 뜯었다.

손에 끈적끈적하게 묻었다. 한 입 먹으니, 역시 세상에서 제일인 맛이었다.

"음악을 듣는 게 좋겠지?"

아빠는 라디오 채널을 80년대 음악이 나오는 곳으로 바꾸었다. 노래가 흘러나오자 허밍으로 따라 부르기 시작했다. 이런 아빠의 모습이 참 오랜만이었다. 베일리와 나는 얼굴을 맞대고 웃었다.

다음 곡은 신디 로퍼의 노래였다. 〈여자들은 단지 즐겁게 살고 싶어〉와 같은 앨범에 있는 〈타임 애프터 타임〉이었다. 어느 날 엄마가 이 노래를 반복 재생해 놓고 아주 크게 따라 부르던 기억이 났다.

그리고 우리는, 그날의 엄마처럼 노래를 불렀다.

기억하기 위해 다 같이 노래를 불렀다.

기억의 조각들

첫판 1쇄 펴낸날 2024년 8월 30일

지은이 샌디 스타크-맥기니스 **옮긴이** 최효은
펴낸이 박창희
편집 홍다휘 백다혜 **디자인** 배한재
마케팅 박진호 **홍보** 김인진
회계 양여진 김주연

펴낸곳 (주)라임
출판등록 2013년 8월 8일 제2013-000091호
주소 경기도 파주시 심학산로 10, 우편번호 10881
전화 031) 955-9020, 9021 **팩스** 031) 955-9022
이메일 lime@limebook.co.kr **인스타그램** @lime_pub
홈페이지 www.prunsoop.co.kr

ISBN 979-11-94028-15-4 44840
979-11-951893-0-4 (세트)